Während ich schreibe, fühle ich mich tief verbunden mit Albanien, wo ich so viel lernen durfte.

Konnie Matena

Salziges Karamell

Die Geschichte
von mehr als einer Findung

Roman

Bibliografische Information der Deutschen Bibliothek
Die Deutsche Bibliothek verzeichnet diese Publikation in der
Deutschen Nationalbibliografie; detaillierte bibliografische
Daten sind im Internet über die Adresse http://dnb.ddb.de
abrufbar.

© 2017 Konnie Matena
Cover und Layout:
www.KonnieMatena.de
Herstellung und Verlag:
BoD – Books on Demand, Norderstedt
ISBN: 978-3-7448-0934-4
Printed in Germany

Inhalt

Rosa und Türkis

Alles dreht sich. Die Umgebung saust an ihnen vorbei, Farben verschwimmen ineinander. Nur der Himmel bleibt blau. Ihre rechte Hand greift die rechte Hand des rosa Mädchens und ihre linke seine linke Hand. Ganz fest halten sie ihre Hände, während sie sich im Kreis drehen, wie ein Propeller und einander in die lachenden Gesichter schauen. Schwindelig fallen sie zusammen ins Gras, glucksend und prustend. Ihre Hände lassen sie dabei nicht los.

Als der Gesang der Vögel Karasi weckt, trägt sie noch immer ein Lächeln im Gesicht. Leise schlüpft sie aus dem Bett, um Bruno nicht zu wecken.

Kurze Zeit später tritt sie vor die Haustür. Der Tag erwacht soeben, die Sonne steht bislang hinter den Bergen. Die Welt zeigt sich Karasi in verschiedenen Grauschattierungen. Es dauert einen Moment, bis sich ihre Augen an das Dämmerlicht gewöhnt haben und das eine Grau vom anderen unterscheiden können.

Dann entdeckt sie die massige dunkle Gestalt, die am Rand des Grundstückes steht. Als sich die Konturen noch deutlicher abzeichnen, wird ihr klar, dass dieses Wesen an der Begrenzung, aber innerhalb ihres Gartens grast.

»Ach Lopë«, seufzt sie und geht langsam auf das Tier zu.

Sie erinnert sich an ihre erste Begegnung mit einer Kuh kurz nach ihrer Ankunft, lange bevor sie die albanische Bezeichnung Lopë kannte. Damals wollte sie Müll in einen der Metallcontainer werfen, als die Kuh unvermittelt ihren Kopf hob, wodurch sie dahinter auftauchte. Karasi machte einen Satz rückwärts und landete beinahe vor einem Auto.

Heute findet sie das Erlebnis selbst lustig.

Als sie allerdings ein paar Wochen danach Bruno begegnete und er über diese Geschichte lachte, war sie gekränkt. Von ihm erfuhr sie dann, dass in Indien jede Menge Touristen Unfälle mit Kühen erleiden, eben weil sie erschreckt zurückweichen.

Karasi erreicht den eingedrückten Zaun. Um mit einem Schritt über die niedrigste Stelle gelangen zu können, muss sie die Kuh ein wenig vor sich her schieben. Das macht ihr keine Angst. Sie hat sich an Kühe gewöhnt, ebenso wie an vieles anderes, dass sie früher verstört oder geängstigt hätte.

»Hallo«, begrüßt sie das Tier. Um die Hörner ist ein Strick gewickelt, wie bei all seinen Artgenossen hier. Bedächtig löst sie das Ende um ein Stück davon abzuwickeln.

»Komm, mit auf die obere Wiese«, fordert sie die Kuh auf und versucht sie mit leichtem Zug in Bewegung zu bringen. Dabei redet sie weiter in sanftem Ton auf sie ein.

»Die Luzerne scheint dir zu schmecken, hm?! Das verstehe ich, allerdings habe ich sie für mich angepflanzt. Du weißt es bestimmt nicht, aber Menschenfrauen bekommen ab einem gewissen Alter Beschwerden. Dagegen sollen mir die Blätter helfen, wenn es so weit ist. Außerdem kann ich aus den Samen im Winter Sprossen ziehen, mit vielen Vitaminen. Die haben einen lustigen Namen: Alfalfa.«

Zögernd geht die Kuh ein paar Schritte voran. Karasi grinst, als sie sich ihr Tun für einen unbeteiligten Beobachter vorstellt: Sie führt eine Kuh an der Leine spazieren und spricht mit ihr.

Da die Situation sowieso schon völlig verrückt ist, schlägt sie dem Tier ein Geschäft vor: »Wenn die Luzerne im Spätsommer blau blüht, nehme ich mir meinen Teil und bringe dir ebenfalls einen. Um dir das Warten zu erleichtern, verstärke ich nachher den Zaun.«

Auf der anderen Straßenseite steuern sie eine saftige Grasfläche an.

»Ich hoffe, das es dir hier auch schmeckt. Ich bin mir nicht sicher, zu welchem meiner Nachbarn du gehörst, aber sie werden dich hier finden. Sei unbesorgt.« Karasi wickelt den Strick wieder um die Hörner und verabschiedet sich mit einem Tätscheln auf den Hals.

Auf dem Rückweg erregt eine Tüte ihre Aufmerksamkeit. Der Wind hat sie erfasst und hebt sie hoch in die Luft. Karasi folgt der Bewegung mit dem Blick, bis sie das Stück Plastikfolie über dem Meer verliert.

Heute sind die Wellen sanft. Die inzwischen höher stehende Sonne lässt das Wasser in einem dunklen Türkis erstrahlen.

Seit fünf Jahren kann Karasi sich nicht sattsehen an dem Anblick, entdeckt immer wieder neue Farbschattierungen und andersartige Wellenspiele.

Ihr weiß getünchtes Haus duckt sich flach vor dem Ufer in die Landschaft. Traditionell aus unterschiedlich großen Bruchsteinen gebaut, beherbergt es neben der Küche zwei weitere Räume. Rechts daneben schließt der Garten an, der ihr wahres Zuhause ist. Hier verbringt sie einen Großteil des Tages. Sie kümmert sich um Obst und Gemüse sowie um allerlei Heilpflanzen.

Die Sonnenstrahlen rücken langsam weiter vor, baden die Pflanzen im Licht und verdrängen die Schatten der Nacht. Karasi erreicht ihren Garten und steuert den weißen Findling an, der bereits auf sie zu warten scheint.

Wie jeden Morgen nimmt sie darauf Platz. Allerlei Gedanken fliegen durch ihren Kopf. In drei Tagen wird sie mit Bruno nach Deutschland fahren, aus vielen sehr vernünftigen und einigen völlig verrückten Gründen.

Tief atmet Karasi den leichten Salzgeruch ein, schiebt alle Gedanken beiseite und landet im Moment. Sie schwebt mit den Wolken, strahlt mit der Sonne, ist verankert mit der Erde. Sie liebt und hasst, weint und lacht, ist Alles und Nichts.

Weggehen um anzukommen

»Sag mal, weshalb sind wir nicht am Meer 'lang gefahren?«, fragt Bruno grinsend.

Karasi verzieht das Gesicht.

»Ich weiß ja … Wir haben uns beide etwas anderes unter einer Europastraße vorgestellt und schon gar nicht damit gerechnet, dass die Straßen hier schlechter sind als bei uns«, beantwortet er seine eigene Frage.

Sie hatten den Weg mitten durch Albanien gewählt. Seit Tirana fahren sie auf der E 762, die sich in Montenegro durch die Berglandschaft windet. Auf der einen Seite begrenzen zerklüftete Felsen die Straße, auf der anderen die Tara, die stets wieder im tiefen Flussbett auftaucht. Dazwischen ist die an zahlreichen Stellen beschädigte Fahrbahn so schmal, dass sie kaum die Bezeichnung Landstraße verdient.

»Ich bin nur froh, dass der Zöllner eben den Verkehr geregelt hat. Eine einspurige Brücke bei der sich die Menschen einigen müssen wer zuerst hinüber fährt, ist an einer Grenze wirklich unpraktisch. Ich frag' mich, wie's dort in der Urlaubszeit aussieht.«

»Das möchte ich lieber nicht erleben!«, sagt Bruno und wirft im Rückspiegel einen letzten Blick auf den schwindenden Grenzübergang.

»Immerhin sind wir jetzt in Bosnien und ab Sarajevo wird es sicher weniger rumpelig.«

»Schau mal, das Schild.« Bruno zeigt auf ein weißes Hinweisschild mit kyrillischen Zeichen. Ganz unten werden sie auf Englisch willkommen geheißen.

»Wir fahren durch serbisches Gebiet.«

»Wieso Serbien? Das ist doch das Nachbarland.«

»So wirklich verstehe ich das alles auch nicht. Als die Republik Bosnien und Herzegowina gegründet wurde, wurde das Staatsgebiet noch einmal geteilt. Knapp die Hälfte gehört zur Republika Srpska.«

Karasi lacht. »Sorry. Ich kann den serbischen Namen für Serbien nicht korrekt aussprechen. Jedenfalls gehören dazu Gebiete im nördlichen und südlichen Teil des Landes.«

»Also liegt die andere Hälfte dazwischen?«

»Ja, die heißt *Föderation Bosnien und Herzegowina.*«

»Wieso weißt du so was?«

»Nachrichten«, erklärt Karasi knapp.

Bruno nimmt eine weitere Haarnadelkurve. Erst danach streicht Karasi über seinen Arm. »Soll ich weiterfahren?«

»Es geht schon. Noch ein Stück und dann machen wir eine richtige Rast. Okay?«

Eine Pause haben sie bitter nötig. Seit fünfzehn Stunden sind sie unterwegs, haben nur kurz gestoppt, um sich zu recken und ein Klo aufzusuchen. Vielleicht sollten sie nach dem Essen wenigstens ein bisschen schlafen. Immerhin ist das Bett im Defender so bequem, dass dies echten Erholungswert hätte.

Karasi schaut aus dem Fenster, um wach zu bleiben. Es wäre zu blöd, direkt vor dem Stopp für wenige Minuten einzuschlafen. Eine sinnvolle Beschäftigung gibt es nicht, also löst sie ihre zerzausten Zöpfe und flicht die schulterlangen hennaroten Haare neu. In dem kleinen Schminkspiegel an der Sonnenblende betrachtet sie ihr Werk.

Danach fällt ihr keine Ablenkung mehr ein. Seufzend lehnt sie ihre Stirn an die Seitenscheibe.

Im Wald, direkt neben der Straße, entdeckt sie ein rotes Schild mit weißen, ausschließlich kyrillischen Buchstaben. Daneben prangt ein verblasster Totenschädel.

Sie erinnert sich an ihr Grauen, als sie vor fünf Jahren den Sinn der Zeichen begriff.

Sie fuhr gen Süden und wurde gewarnt.

Gewarnt, vor Minen, die dort seit langem ruhten - zurückgeblieben von einem Krieg, der ebenso sinnlos war, wie jeder andere auch.

Sie erinnert sich noch genau ...

Sie hatte Berlin überstürzt, ja beinahe fluchtartig verlassen, um Gesprächen, der Kommunikation, am liebsten jeglichem Kontakt mit Menschen zu entkommen.

Also fuhr sie durch Länder, deren Sprache sie nicht verstand.

Polen, Tschechien. Ungarn.

Schließlich landete sie auf dem berühmten *Autoput.*

Kilometer um Kilometer legte sie so zurück.

Viel zu oft musste sie Pausen einlegen.

Es war September, Nachsaison. Durch ihr Nummernschild verraten, wurde Karasi auf dem Rastplatz häufig von deutschen Urlaubern angesprochen. Selbst das *Guten Tag* konnte sie kaum ertragen.

Also nahm sie es in Kauf langsamer voranzukommen. Sie verließ an der nächsten Abfahrt die Autobahn, bog ab zum Meer.

Schmale Landstraßen führten sie durch Bosnien. Sie hielt in kleinen Ortschaften mit gemütlichen Restaurants und verständigte sich, indem sie auf die Dinge zeigte.

Eines Tages stoppte sie neben der Straße, auf der Suche nach einem Parkplatz für die Nacht und sah den ersten Totenschädel auf rotem Grund. Schnell sprang sie in ihr Auto und gab Gas.

Das Schild hatte ihr Angst gemacht, auch wenn sie die Bedeutung nicht sofort verstand.

Während der folgenden Kilometer schwappten die abgespeicherten Informationen in ihr Bewusstsein.

»Es würde noch Jahre dauern alle Minen zu beseitigen«, hatte es im Fernsehen geheißen. Außerdem wurde von

Unfällen berichtet, die Pilzsammler erlitten, die versehentlich in gesperrtes Gebiet gerieten.

Danach unterließ Karasi es hinter irgendwelchen Büschen zu pinkeln. Der Schreck hatte ihr jedoch klargemacht, wie sehr sie leben wollte. Sie wünschte sich, noch so vieles zu tun und zu erleben. Nur was genau dieses *viel* sein sollte, wusste sie nicht.

Abends saß sie dann draußen, schaute in den Sternenhimmel und dachte darüber nach, wie ihr künftiges Leben aussehen könnte. Natürlich fielen ihr etliche Möglichkeiten ein, allerdings leuchtete keine davon auch nur annähernd so hell wie der blasseste Stern am Himmel. Also grübelte sie nicht weiter, sondern genoss einfach nur das Firmament.

Den Atlantik, der tiefe Fjorde in Norwegen hinein gewaschen hat, den Indischen Ozean, der Sri Lanka umspült und den Pazifik vor Kalifornien kannte Karasi.

Der Adria begegnete sie bei Sonnenuntergang. Sie stellte den Defender an der Seite ab, ohne sich darum zu kümmern, ob dort ein Verbotsschild stand. Schnell lief sie zum Ufer, streifte die Schuhe ab und watete ins Meer hinein.

Karasi spürte das kühle Nass an ihren Beinen und die runden Steine unter ihren Fußsohlen.

Der Wasserspiegel färbte sich zunehmend rot, als die Sonne langsam hinter dem Horizont verschwand. Ein leichter Wind kam auf, sodass sich die feinen Härchen an ihren Armen aufstellten. Trotzdem blieb sie und genoss das Gefühl, in einem Teil des Mittelmeeres zu stehen, das über die Straße von Gibraltar mit allen Ozeanen verbunden ist. Die Vorstellung, dass einer der Tropfen neben ihr bereits am Nordpol oder auch vor Australien war, faszinierte sie und machte die Welt zu einem magischen Ort.

Von nun an verbrachte Karasi viel Zeit am Strand und im Wasser. Sie schwamm, planschte herum und konnte nicht genug bekommen.

Unfähig eine Entscheidung zu treffen, hangelte sie sich von Bucht zu Bucht und von Ort zu Ort weiter nach Süden.

Schließlich erreichte sie Albanien. Die Straßen dort forderten ihre volle Aufmerksamkeit. Es galt Schlaglöcher, tief wie Tümpel zu umfahren und von den Bergen herabgefallenen Steinen auszuweichen. Manchmal war ein ganzer Straßenabschnitt an der Seite weggebrochen. Froh, ihren Defender zu fahren, bewältigte sie jede Unwegsamkeit.

Noch heute ist ihr nicht klar, was dann passierte. Mit dem verlangsamten äußeren Tempo nahm auch ihre innere Unruhe ab. Sie blieb mehrere Tage an einem Ort, bevor sie weiter fuhr. Stundenlang spazierte sie umher, um danach stundenlang in einem Café zu sitzen.

Trotz allem erreichte sie irgendwann die Grenze zu Griechenland. In die Schlange der Autos eingereiht, griff sie ihren Pass und spürte einen Widerstand.

Nein! Nein, sie wollte dieses Land nicht verlassen. Sie wollte bleiben, wenigstens noch für eine Weile.

Sie fuhr ein paar Kilometer zurück zu der kleinen Stadt, die sich in eine sanfte Bucht schmiegt.

In einigen der letzten Nächte hatte sie gefroren. Kein Wunder, Mitte November. Die nächste Zeit würde sie nicht im Auto schlafen können.

Karasi traf eine Entscheidung.

Sie wollte ein Zimmer oder besser noch eine Ferienwohnung zum Überwintern. Zum ersten Mal reichte es nicht aus, auf Dinge zu zeigen. Sie fragte in einem einfachen Hotel, ob es auch Unterkünfte gäbe, in denen sie kochen könne.

Natürlich verstand der Kahlkopf an der Rezeption kein Wort. Also blieb ihr nichts anderes übrig als pantomimisch vorzuführen, was sie möchte. Sie lehnte ihren Kopf an die seitlich schräg hochgehaltenen Hände und rührte danach in einem imaginären Topf, aus dem sie dann mit einem ebenfalls imaginären Löffel aß.

Der Rezeptionist lachte und fragte »Apartment?«

Darauf hätte sie selbst kommen können.

Auf ihr Nicken rief er laut über die rechte Schulter. In der Tür erschien eine junge Frau, in engem Rock zur schicken Bluse.

Nach wortreichen Erklärungen stellte sie ihren Putzmopp an die Seite und winkte Karasi, ihr zu folgen.

Putzte sie wirklich in den Klamotten? Karasi kam nicht dazu, länger darüber nachzudenken, denn drei Straßen weiter betraten sie ein Gebäude, das wie ein normales Wohnhaus wirkte. Kaum im Hausflur trat ein junger Typ in Jeans und Badelatschen aus einer der Wohnungstüren. Er nahm gerade das Smartphone vom Ohr. Dann richtete er den Zeigefinger auf sich selbst und sagte: »Romeo«.

Er zeigte Karasi eine kleine Wohnung mit Dusche und Balkon. Dabei hielt er ihr die Türen auf, deutete auf Geschirr sowie Töpfe in den Schränken und die zusätzliche Bettdecke im Schrank. Gleichzeitig blieb er soweit im Hintergrund, dass Karasi in Ruhe schauen konnte.

Schließlich sah sie ihn lächelnd an.

»I like«, sagte Romeo und es dauert einen winzigen Moment, bis Karasi klar wurde, dass er die Stimme am Satzende gehoben hatte. Er wollte sie fragen, wollte wissen, ob sie es mochte. Vielleicht waren das die einzigen englischen Worte, die er kannte.

Sie nickte gerührt angesichts seines Mutes. Es schien ihm wichtiger zu kommunizieren, als Blamagen zu vermeiden. Für die Preisverhandlung zückte Romeo einen Block mit Bleistift. Wenige Minuten später hatte Karasi eine Bleibe für den Winter.

Nach diesem Erlebnis beobachtete sie nicht mehr nur das Meer und den Himmel, sondern vor allem die Menschen.

Mitten im Ort lag ein Park. Grünflächen und Bänke gruppierten sich um einen imposanten Springbrunnen. Den wenigen Schatten nutzend, saßen die Männer in kleinen Gruppen unter einem Baum auf Holzkisten und

Steinbrocken. Sie spielten Karten oder Domino auf einem Stück Pappe. Dabei waren die Älteren in Anzüge gekleidet und trugen Hüte auf dem Kopf. Neugierig schauten sie Karasi an, wenn sie vorbeiging. Ihre Augen schienen zu strahlen.

Ein etwa zehnjähriger Junge brachte den Männern *Kafe*. Auf seinem T-Shirt prangte der Schriftzug *Heldin*. Karasi schmunzelte. Das Shirt passte ihm und letztendlich war unwichtig, was darauf geschrieben stand.

Am Rand des Parks entdeckte sie einen Gärtner, der die Hecke mit einer Rosenschere beschnitt. Seine deutlich erkennbaren Muskeln hatte er durch Arbeit und nicht durch den Besuch eines Fitnessstudios erworben. Konzentriert setzte er einen Schnitt nach dem anderen. Zwischendurch hielt er inne, betrachtete sein Werk und die Zweige, die darauf warteten von ihm geschnitten zu werden. Dann fuhr er in seiner bedächtigen Art fort. Er schien vollkommen in seine Tätigkeit versunken. Karasi ertappte sich dabei, dass sie den Mann anstarrte. So hatte sie noch nie jemanden arbeiten sehen.

Das *Café Central* hatte Karasi sofort zu ihrem bevorzugten Ruheort erwählt. Es bestand fast nur aus Fenstern. Eine lange Glasfront öffnete es zum Meer, die andere zum Park. Von ihrem Lieblingsplatz im Inneren konnte sie in beide Richtungen schauen. Schien die Sonne, saß sie auf der vorgelagerten Terrasse und schaute durch das Café hindurch zum Park.

Den Mittzwanziger, der den Laden schmiss, nannte sie bei sich Mister Central.

Brachte er ihren Espresso, stellte er die Tasse behutsam neben das Glas mit Eiswasser auf den Tisch und rückte den Ständer mit Zuckertütchen zurecht. Jedes Mal aufs Neue. Scheinbar wollte er es ihr behaglich machen.

Bei ihrem ersten Besuch hatte Karasi vollkommen in Gedanken ihr schmutziges Geschirr zum Tresen zurückgetragen, wie sie es im Büro immer getan hatte. Auch ohne, dass sie die Worte verstand, erklärte Mister Central ihr sehr deutlich, dass dies seine Aufgabe sei.

Tags darauf ließ sie ihre Tasse stehen, als sie aufstand. Er sah es, anerkennend lächelnd. Sie winkte zum Abschied.

Karasi kommunizierte weiterhin ausschließlich mit Mimik und Gestik. Einige der Worte, die zu ihr gesagt wurden, konnte sie allerdings inzwischen unterscheiden.

Bei einem der nächsten Besuche im Café fiel ihr auf, dass eine Frau mehrmals täglich die hellen Terrassenfliesen wischte. Kamen derweil Gäste, putzte sie noch einmal, um deren Fußspuren zu entfernen. Niemals wirkte sie verärgert über die neu entstandene Arbeit.

Karasi war fasziniert. Diese Menschen waren sicher nicht glücklicher, aber sie schienen mehr bei dem zu sein, was sie im Moment taten. Das wollte sie auch lernen.

Selbst wenn ihre Interpretation falsch wäre, kam sie dem, was sie sich wünschte langsam auf die Spur.

Einige Wochen später ging sie wieder einmal an der Promenade spazieren. Die Mittagssonne schien. Sie konnte, nur mit einem langärmeligen Shirt bekleidet draußen sein–mitten im Winter.

Ihre Stimmung stand an diesem Tag jedoch im krassen Gegensatz dazu. Sie war niedergeschlagen, fühlte sich verloren in der großen weiten Welt.

Eine der Sonnenblumenkernverkäuferinnen winkte sie zu sich.

Karasi hatte bereits versucht die Schalen mit den Zähnen zu entfernen, wie es hier üblich war. Sie bekam den Dreh nicht heraus, darum kaufte sie die Kerne selten und schüttelte nun den Kopf.

Die alte Frau mit dem dunklen Kleid und den hochgesteckten grauen Haaren winkte nachdrücklicher. Also ging Karasi doch zu ihr. Runzlige Finger drückten ihr ein Bonbon in die Hand. Lebhafte braune Augen schauten Karasi aus dem faltigen Gesicht an, während der Mund unbekannte Sätze in einem rhythmischen Singsang murmelte. Karasi bekam eine Gänsehaut. Tränen traten in ihre Augen. Sie versuchte nicht sie zurückzuhalten. Tief im Innersten berührt, so wie es manchmal durch Musik geschieht, lauschte sie der Stimme. Beinahe ohne ihr Zutun formten ihre Lippen dann das erste albanische Wort. *Faleminderit.* Danke.

Wochen später erfuhr Karasi, dass es sich um einen Kinderreim zum Trost gehandelt hatte.

Fremde Heimat

Vor einer Stunde hatten sie ihre Nachtruhe auf einem Parkplatz in Österreich beendet. Karasi war jedoch auf dem Beifahrersitz wieder eingenickt. Es ist genau vier Uhr, als sie erneut aufwacht.

»Wo sind wir?«, fragt sie verschlafen.

Bruno nimmt seinen Blick für eine Sekunde von der Straße, um sie anzulächeln. »Wir fahren soeben über den Inn, sind also jetzt in Deutschland.« Dabei betont er das *jetzt*, obwohl sie die Mitte des Flusses bereits passiert haben.

»Können wir kurz halten?«

»Klar. Schau, dort wird der Rastplatz angekündigt.« Er weist auf das Schild mit der Aufschrift *Donautal Ost.*

»Hmm«, bestätigt Karasi, dass sie den Hinweis gesehen hat. Sie schaut aus dem Fenster. Viel kann sie nicht erkennen. Zuhause würde es in zwei Stunden zu dämmern beginnen. Aber nun ist sie in Deutschland. Hier muss sie länger auf die Sonne warten.

Bruno setzt den Blinker, als er die Tankstelle ansteuert. Sobald er stoppt, haucht Karasi ihm ein Küsschen auf die Wange, greift die beiden leeren Wasserflaschen und macht sich auf die Suche nach dem Klo. Sie sind ein eingespieltes Team. Karasi ist froh so früh am morgen nicht sprechen zu müssen.

Sie folgt dem Hinweisschild zum WC, bis sie vor eine Schranke läuft. Es dauert einen Moment, bis sie begreift, dass sie 70 Cent zahlen soll. In Montenegro, Bosnien, Kroatien, Slowenien, Italien und Österreich – überall hatte sie öffentliche Toiletten benutzt, immer kostenlos. Eine Angestellte, deren Gesicht hinter einem Mundschutz verborgen ist, tritt mit einem Lappen in der Hand zu ihr. Ihre Augen sehen so müde aus, als fehle ihr schon wochenlang ausreichend Schlaf.

Aus einem Impuls heraus begrüßt Karasi sie:»Dobar dan.«
Die Frau zieht den Mundschutz herunter und lächelt.
»Guten Morgen«, antwortet sie in tadellosem deutsch.
»Kann ich dir helfen?«
»Nun ja, ich muss aufs Klo, aber vor allem bin ich durstig«,
erklärt Karasi überrascht, wobei sie eine Flasche hochhebt.
Die Frau schaut sich um, bevor sie den schwenkbaren
Eingang für Kinder und Rollstuhlfahrer öffnet.»Komm mit.
Die kannst du hier in meinem Putzraum auffüllen. An den
Waschbecken gibt es nur warmes Wasser.«
Während die Flaschen volllaufen, fragt sie:»Weshalb
wusstest du, dass ich Kroatin bin?«
»Ich hatte nur so ein Gefühl. Wir waren gestern noch in
Kroatien. Allerdings sind wir diesmal nur durchgefahren.
Woher stammst du?«
»Aus einer kleinen Stadt in Bosnien, die kaum einer kennt.
Ich träume oft davon, wie ich mit den anderen Kindern
draußen spiele oder im Fluss schwimme.« Sie seufzt.
Karasi schaut sie verständnisvoll nickend an, während sie die
zweite Flasche zu schraubt.
Nachdem sie auch noch die moderne Toilette benutzt hat,
verabschiedet sie sich.»Doviđenja!«
Aber die Frau ist bereits wieder hinter ihrem Mundschutz
verschwunden und winkt nur kurz.
Auf dem Rückweg zu Bruno bleibt Karasi plötzlich
stehen. Was macht sie hier bloß? Ja, ihre
Krankenversicherung ist endgültig abgelaufen. Sie hatte sie
in den letzten Jahren nicht gebraucht, will lediglich auf einen
Unfall, irgendeine Katastrophe vorbereitet sein. Dabei ist es
doch verrückt davon auszugehen, dass die überhaupt
eintrifft.
Karasi schüttelt den Kopf, um die Gedanken loszuwerden.
Diese Reise ist notwendig, dafür hatte es genug Zeichen
gegeben.

Das Alte im Neuen

In der Rüdinghauser Straße fährt Karasi in eine Parklücke und stellt den Motor ab. Erschöpft lehnt sie sich zurück. In ihren Ohren dröhnt noch immer das Motorengeräusch, ihr Körper glaubt noch immer, in hohem Tempo vorwärts bewegt zu werden. Um das Gefühl abzuschütteln, fixiert sie Dinge innerhalb des Fahrzeugs: das am Armaturenbrett festgeklebte Schneckengehäuse, die beiden Sonnenbrillen in der Ablage, die fast leere Wasserflasche.

Dann fällt ihr Blick auf Bruno. Sein Kopf ist auf die rechte seiner breiten Schultern gesunken. Das Schädeldach lehnt am Seitenholm, nur gepolstert von den dichten Haaren. Trotz der unbequemen Position wirkt er entspannt. Nur die Pupillen bewegen sich unruhig hinter den geschlossenen Lidern. Karasi legt beruhigend eine Hand auf seinen Schenkel. Amüsiert betrachtet sie ihrer beider Hände. Seine, trotz der Sonne helle Haut, neben ihrer eigenen dunkelbraunen.

Konzentriert sendet sie Ruhe durch ihren Arm in Brunos Körper.

Vierunddreißig Stunden waren sie in den letzten drei Tagen gefahren, obwohl der Routenplaner nur siebenundzwanzig prophezeit hatte.

Nun sind sie hier in Witten, mehr als zweitausend Kilometer von zu Hause entfernt.

Vorsichtig Karasi zieht ihre Hand zurück.

Neugierig schaut sie zur anderen Straßenseite. Dort stehen die typischen zweistöckigen Arbeiterhäuser aneinandergereiht. Jeweils vier Stück, unterbrochen von einem Durchgang. Da hindurch gelangte man früher zu den Schrebergärten sowie zum Taubenhaus. Ob das wohl noch immer so ist?

Karasi mustert die Fassade der Häuser. Der Putz ist heller als in ihrer Erinnerung. Damals war er dunkelgrau vom Rauch der Industrieschornsteine.

Einige der winzigen Loggien sind zugebaut. Sie reckt den Hals, in der Hoffnung erkennen zu können, was die kleinen Räume beherbergen. Durch ein Fenster im Erdgeschoss erkennt sie Bücherregale.

Dann springen ihr die Klappen ins Auge, die sich wenige Zentimeter oberhalb des Gehweges im Mauerwerk befinden. Als Kind hatte sie es geliebt zuzuschauen, wenn der Kohlenmann kam, der die Briketts durch das Loch hinter der Klappe rutschen ließ.

Erst jetzt schaut Karasi zu den beiden besonderen Häusern gegenüber. Drei solcher Hauspaare gibt es in der Straße. Vor allen wächst eine kleine Grasfläche, da die Häuser ein Stück vom Gehweg zurückversetzt stehen. Zu den Eingangstüren führt ein Weg, der in eine Treppe mündet.

Auf den Stufen hatte sie mit ihrer Puppe gespielt, auf der Wiese eine Sonnenblume gezogen, geholfen den Weg von Schnee zu befreien.

Selbst nach so langer Zeit kann sie sich genau an die Tapete in ihrem Kinderzimmer erinnern. Ausladende orange-gelbe Wellen, wie es in den 70er Jahren der Mode entsprach.

Nur die Erinnerung an ihre Eltern verblast zunehmend.

Eilig lässt Karasi den Motor an, damit Bruno nicht aufwacht. Sie braucht noch einen Moment für sich allein.

Zehn Minuten später parkt sie am Hallenbad, das in ihrem ersten Lebensjahr erbaut wurde. Im Winter kam sie oft mit ihren Eltern hierher. Außer schwimmen, konnten sie hier auch duschen, ohne den Badeofen anzuheizen, wie es zu Hause nötig war. Sie selbst wusste das damals gar nicht zu schätzen, planschte sie doch jeden zweiten Abend in einer rosa Plastikwanne in der Küche.

Sie seufzt. Noch mehr Erinnerungen ...

Jetzt ist der Flachbau bemalt mit einer Badeszene, bei der die Wellen, aus dem Becken schwappen.

Karasi nimmt Brunos Hand. »Ylli ime«, flüstert sie zärtlich. »Wir sind angekommen.«

Als Antwort erhält sie nur ein Schnaufen.

»Drita ime, ich habe Hunger«, sagt sie immer noch leise, zwischen den vielen kleinen Küsschen, mit denen sie sein stoppeliges Gesicht bedeckt.

Sie liebt es, ihn mit albanischen Kosenamen anzusprechen. Dass sie sich einmal gewünscht hat nie wieder mit jemandem sprechen zu müssen, kommt ihr jetzt verrückt vor. Im Gegenteil, sie genießt es inzwischen mit ihren Nachbarn über mehr als nur das Wetter reden zu können.

Bruno schlägt die großen, meerblauen Augen auf und schließt sie in die Arme. »Dann sollten wir was zu essen organisieren, mijn Meisje«, murmelt er verschlafen.

Neben seiner Muttersprache niederländisch spricht Bruno deutsch, englisch, italienisch, französisch und mittlerweile auch albanisch. Aus all diesen Sprachen schöpft er, um liebevolle Bezeichnungen für sie zu finden. Ist er allerdings einmal missmutig, bedient er sich ihrer ebenso, um zu schimpfen.

Wie immer beim Aufwachen reibt sich Bruno mit den Händen durchs Gesicht sowie über die kurzen blonden Haare, die inzwischen von silbernen Fäden durchzogen sind. »Wo sind wir eigentlich?«

Ein Zug fährt mit quietschenden Bremsen in den Bahnhof auf der anderen Straßenseite ein.

Statt einer Antwort zeigt Karasi auf das Bahnhofsschild: *Witten-Annen Nord.*

»Ich hatte im Internet geschaut. Da vorne ist ein Supermarkt und in der Fußgängerzone um die Ecke, ein türkischer Gemüseladen. Hier gleich neben uns ist ein Park. Ich dachte, wir können etwas kaufen und uns dann dort hinsetzen«, erklärt sie ergänzend, während das Quietschen verklingt.

Bruno lacht. »Guter Plan, Snoepje.«

Karasi steckt sich den letzten Bissen Salat in den Mund, den sie aus Gurken und Tomaten zusammen mit dem Schafskäse von zu Hause zubereitet hatten.

Bruno schaut umher. »Es ist wirklich nett hier mit den Bänken und Spielplätzen. Aber warum heißt es Generationenpark?«

»Wenn ich es in der Karte richtig gesehen habe, ist dort hinten ein Boule-Platz für diejenigen, die zu alt zum Klettern sind.« Karasi reckt den Hals, in der Hoffnung ihn entdecken zu können. Es gelingt ihr nicht. Also packt sie das Geschirr in den Picknickkorb zurück und rückt dicht an Bruno heran, der sogleich seinen Arm um sie legt.

Schweigend beobachten sie zwei Knirpse, die einen Ball kicken. Ihre Mütter trinken auf der Bank links neben ihrer, Kaffee aus einer Thermoskanne. Ein Stück entfernt sitzen zwei Mädchen auf einer Decke und ziehen ihre Puppen an. Von dem Spielplatz für die kleineren Kinder schwappen immer wieder Rufe und Gelächter herüber. Ein paar wagemutige erklettern das Gerüst für die älteren Kinder. Noch haben sie freie Bahn, denn die Großen sind in der Schule.

»Übrigens war ich vorhin kurz am erstbesten Geldautomaten, als du geschlafen hast. Wir haben jetzt erst mal genug Euro.«

»Super! Ich konnte zu Hause etwa dreizehn Euro finden. Sonst habe ich nur ein paar Lekë in der Tasche. Aber sobald ich bei meinem Galeristen war ...«

Karasi küsst seinen Arm, der auf ihrer Schulter ruht. »Mach dir keine Gedanken Dashur, ich kann jederzeit noch einmal Geld am Automaten ziehen«, erklärt sie und zückt demonstrativ ihre EC-Karte.

»Ach, nimmst du hier keine Kreditkarte, wie zu Hause? Wie merkst du dir deine PIN, wenn du sie jahrelang nicht benutzt?«

»Ganz einfach«, grinst sie. »Ich suche mir einen Bezug, zum Beispiel ein Geschichtsereignis an dem Datum, das die Nummer bildet. Das lässt sich dann notfalls nachschlagen. Allerdings hatte ich Glück, ich habe von der Bank die höchst mögliche Primzahl erhalten: 9973 – also, die höchste mit vier Stellen.«

Bruno küsst sie auf die Wange. »Du bist halt eine kluge Frau. Inzwischen sind solche Tricks aber nicht mehr nötig. Man kann die Zahl jetzt selbst bestimmen.«

»Nun bin ich daran gewöhnt«, sagt sie leichthin, schaut dann jedoch verwirrt angesichts seines Schmunzelns.

»Da ist wieder dein Denkgesicht«, erklärt er.

Denkgesicht, so nennt er den Ausdruck, den Karasi selbst noch nie gesehen hat.

Auch vor Bruno haben ihr schon Menschen gesagt, dass sie einen speziellen Ausdruck im Gesicht hat, wenn sie nachdenkt, ihrem Hirn die Führung überlässt. Dabei würde sich ihre rechte Augenbraue dreieckig aufstellen.

Bewusst übertrieben zieht sie ein ärgerliches Gesicht. Darüber lachen sie beide.

Einer der kleinen Fußballspieler weint, weil er gefallen ist. Rasch stellt seine Mutter den Kaffeebecher auf die Bank und eilt zu ihm.

»Hast du früher auch hier gespielt?«

»Diesen Park gab es noch nicht. Aber in der Straße in der ich aufgewachsen bin, gibt es den Pestalozziplatz. Dort habe ich so ähnlich wie die beiden da mit meiner Freundin Gaby unsere Puppen versorgt«, antwortet Karasi wehmütig.

Ganz fest zieht Bruno sie an sich. »Ich bin da, Liefje«, flüstert er. »Bis auf die wenigen Tage, die ich zu meiner Familie fahre, bin ich für dich da.«

»Hast du schon mit Henk gesprochen?«

»Nein, mein Bruder weiß noch nichts von seinem Glück. Ich werde ihn morgen anrufen.«

»Verspürst du Heimweh?«

»Wieso denkst du das?«

»Nun, du nanntest mich heute Liefje, Meisje und Snoepje. Das finde ich wunderschön, aber es sind ausschließlich holländische Worte ...«

»Das ist mir gar nicht aufgefallen. Möglicherweise hast du recht. Ich freue mich trotz allem auf meine Familie. Bella!«, sagt er neckend.

»Schön, dass du sie bald siehst.«

Sie schaut in den sonnigen Frühlingshimmel. »Vielleicht erfahre ich ja auch etwas von meinen Verwandten«, murmelt sie dann.

»Ist es das, was du hier möchtest, außer dem behördlichen Kram, Dropje?«, fragt Bruno vorsichtig.

»Ja«, nickt Karasi. »Ich komme mir ein bisschen albern vor, dass mir das in meinem Alter noch wichtig ist. Jetzt lebe ich schon so lange ohne Familie ...«

Ihr Blick schweift über die Kinder. »Ich habe dir doch von den Visionen erzählt, in denen meine Eltern immer häufiger auftauchten, mich bedrängten zurückzukehren. Da ich sowieso nach Deutschland musste, konnte es genauso gut Witten sein. Hier kann ich auch ein paar Nachforschungen anstellen.«

Karasi blickt schweigend in das unendliche Blau des Himmels. Sie ist froh, dass Bruno ihr Zeit lässt. Sie atmet tief ein: »Und dann ist da noch das rosa Mädchen.«

»Rosa Mädchen? Du meinst, sie hat diese Katzenklamotten an?«

»Nein, keine *Hello-Kitty*-Kleidung. Sie leuchtet irgendwie rosa. Ich weiß, dass ich sie treffen werde.«

»Du hast mich schon oft überrascht, mijn Meisje. Du wusstest Dinge, die du unmöglich wissen konntest. Manchmal waren es nur Kleinigkeiten, aber durch dich wurden wir vor dem großen Sturm gewarnt. Du verfügst über ein feines Gespür, eine gute Intuition. Das wird sich auch diesmal bewahrheiten.«

Karasi schmiegt sich noch enger an Bruno und legt ihren Kopf auf seine Schulter. Sie ist dankbar ihm alles erzählen zu können. Nie zuvor gab es einen Menschen, dem sie sich so vorbehaltlos gezeigt hat. Trotzdem kennt er nur einen Teil ihrer Vergangenheit.

Noch einen Moment genießt sie Brunos Körper, den Nachgeschmack des Essens, die Frühlingssonne und das Lachen der Kinder. Dann löst sie sich.

»Ich gehe uns jetzt eine Bleibe suchen. Treffen wir uns nachher wieder hier? So gegen fünf?«

»Ja, klar, Gioia. Vielleicht kriege ich irgendwo einen Kaffee«, erklärt Bruno sich einverstanden.

»Also bis später und gib acht, dass du keinen Ärger mit den Deutschen bekommst. Wie sagt ihr? De Duitsers!«, warnt Karasi grinsend.

»Per ty Zemër.« Bruno hält Karasi einen kleinen Pappbecher mit Deckel entgegen.

»Koffein! Du bist der Beste!« Karasi lässt sich zu ihm auf die Parkbank fallen.

Beide nippen an der Öffnung im Plastikdeckel.

Lautes Geschrei erregt ihre Aufmerksamkeit. Zwei Jungen im Teenager-Alter schnauzen einander an. Es scheint um den Fußball zu gehen, den der eine unter den Arm geklemmt hält.

»Wartest du schon lange?«, nimmt Karasi das Gespräch wieder auf und wickelt ihre Jacke um sich.

»Kein Problem. Es ist nett hier zu sitzen und die Menschen zu beobachten. Zumal ich ja vorher drei Stunden herumgelaufen bin.«

Die Jungen scheinen sich geeinigt zu haben, sie ziehen zusammen ab.

»Hast du etwas Besonderes gesehen? Eventuell sogar etwas das du malen möchtest?«

»Fotografieren vielleicht. Mal sehen …«, antwortet Bruno ohne die Begeisterung, die er sonst sofort ausstrahlt, wenn es um seine Arbeit geht.

»Ist alles in Ordnung?«

»Ja. Es ist eigentlich nichts«, seufzt er. »Ich wollte vorhin schon einen *Kafe*, erhielt aber Filterkaffee. Zu einem horrenden Preis, obwohl es nicht einmal Wasser dazu gab. Ich fühle mich irgendwie fremd hier«, erklärt er dann bekümmert.

Karasi legt den Arm um ihn und flüstert: »Ich weiß, was du meinst, Ylli.«

Bruno zeigt auf die Pappbecher. »Eben habe ich daran gedacht zwei Espressi zu bestellen, aber selbst das sorgte für Verwirrung. Wollen Sie zwei Espressos, hat die Verkäuferin nachgefragt. Diese Mehrzahlbildung tut mir richtig weh in den Ohren.«

Bruno schüttelt den Kopf. »Aber jetzt erzähl du doch erst mal, Ricchezza. Konntest du eine Unterkunft finden?«

»Ja, der Plan hat funktioniert.« Karasi strahlt. »Wir dürfen in einer Gartenlaube hier in der Nähe wohnen, wenn wir uns dafür um die Pflanzen kümmern.«

»Deinen Überredungskünsten scheint heute niemand widerstehen zu können.«

»Dann hoffe ich mal, du kannst das nachher auch nicht«, erwidert Karasi schelmisch und leert ihren Becher.

Bruno schmunzelt. »Ich bin neugierig. Wie hast du das hinbekommen?«

»Ich bin einfach die Wege der Gartenkolonie abgelaufen und habe nach ungepflegten Parzellen geschaut. Man ist ja verpflichtet, alles in Ordnung zu halten.« Karasi verdreht die Augen. Sie mag derartige Bevormundungen nicht. »Ich fand so einen Garten. Als ich über den Zaun schaute, kam sogleich ein Nachbar angelaufen. Der legte mir dann ausführlich dar, dass Frau Lange im Krankenhaus liegt. Während ich noch überlegte, ob ich sie dort besuchen soll, kam ihr Sohn. Er wollte anscheinend wenigstens das Allernötigste machen.« Karasi spielt kopfschüttelnd mit dem Pappbecher. »Du kannst dir nicht vorstellen, wie misstrauisch er guckte. Ich erzählte ihm von unseren Pflanzen und das ich in Witten geboren wurde. Das interessiert ihn alles in keinerlei Hinsicht. Er ging einfach in die Gartenlaube. Ich überlegte, was ich tun soll. Unterdessen kam er zurück. Es gäbe kein Wasser, ob ich mich damit auskenne, fragte er kleinlaut. Ihm war wirklich nicht klar, dass die Leitungen im Winter einfrieren können. Rasch fand ich den Haupthahn. Nach einem Moment füllten sich die leeren Rohre und er hatte Wasser. Ich rechte inzwischen ungefragt das Laub zusammen. Das hat ihn vermutlich überzeugt.«

Triumphierend hält sie den Schlüssel in die Höhe. »Die Hütte ist schlicht, aber mit Schlafcoach und Klo und allem, was wir brauchen.«

»Toll! Und viel besser als ein Hotel«, freut sich Bruno. »Lass uns direkt gehen. Ich bin gespannt auf unser Quartier.«

Stumpfes Glänzen

Der Küchentisch ist noch immer gedeckt mit zwei Brettchen und Messern sowie Butter, Marmelade und Schokoladenaufstrich. Neben dem Toaster liegt die leere Brotverpackung zwischen zahllosen Krümeln.

Die junge Frau im rot-weiß gestreiften Schlafanzug hat längst fertig gefrühstückt. Gähnend legt sie ihre Zeitschrift beiseite. Das liebt sie am meisten an den Osterferien, sich morgens nicht beeilen zu müssen.

Inzwischen ist es jedoch bereits Mittag. Die Post müsste da sein.

Der Gedanke bringt Rosa in Schwung. Nach einem kurzen Besuch im Bad schlüpft sie in eine Jeans und ihr grünes Lieblingsshirt. Auf Socken läuft sie die Treppen hinunter, fummelt einen Moment mit dem kleinen Schlüssel im Schloss, bis sie vier Briefe in Händen hält. Drei tragen die Aufschrift: Virginia Renken. Wahrscheinlich sind es Rechnungen und Rosa weiß jetzt schon, wie ihre Mutter das Gesicht verziehen wird.

Das vierte Kuvert trägt ihren Namen: Rosa Renken. Sie nimmt immer zwei Stufen auf einmal, erreicht atemlos den dritten Stock. Ungeduldig reißt sie den Umschlag auf und überfliegt den Text.

Ihre nussbraunen Augen füllen sich mit Tränen. Siebenunddreißig Bewerbungen. Das ist die letzte ausstehende Antwort. Wieder eine Absage! Was soll sie denn jetzt tun?

Vincent kommt in die Küche, geht zum Kühlschrank und verschwindet wortlos mit der Flasche Apfelsaftschorle, die für sie beide bestimmt ist.

»Du hast mir gerade noch gefehlt«, murmelt Rosa.

Ihrem Bruder scheint alles zuzufliegen. Gute Noten und ein Plan für die Zukunft. Sie selbst hat weder das eine noch das andere, ist sich nicht mal sicher, ob sie die Lehrstelle wirklich gewollt hätte, die ihr soeben abgesagt worden ist. Aber irgendetwas muss sie nun mal tun.

Mama wird bald von der Arbeit kommen. Rosa will sie jetzt nicht sehen, will keine Ratschläge, ja nicht einmal Trost von ihr.

Also räumt sie die Küche auf und legt einen Zettel auf den Tisch, dass sie gegen sechs Uhr zurück sein wird. Sie stopft den Brief in die Tasche ihrer blauen Fleecejacke und verlässt das Mehrfamilienhaus.

Raschen Schrittes geht sie an vielen gleichartigen Häusern vorbei. Wiedereinmal wundert sie sich warum in einer Straße, die den Namen *Sonnenschein* trägt, nur graue, beige und braune Häuser stehen. Wenn es nach ihr ginge, würden sie in den Farben von Blumen leuchten: mohnrot, veilchenblau und narzissengelb.

Rosa streift einige Zeit umher, ohne auf den Weg zu achten.

Wenig später stellt sie erstaunt fest, dass sie bei *Jonas* ist. Das Aluminium des 50er Jahre Airstream-Imbisswagens wirkt bei dem trüben Wetter stumpf. Rosa kennt ihn auch reflektierend bei Sonnenschein und mit Schnee bedeckt.

Ihre Mutter ist schon oft mit ihr und ihrem Bruder hierhergekommen, wenn es etwas zu feiern gab. Mal war der Anlass eine gute Zensur von Vincent, mal eine schlechte von ihr – oder umgekehrt, was allerdings höchst selten vorkam. Virginia war der Meinung, das Leben an sich wäre es wert gefeiert zu werden, unabhängig von Schulnoten.

Ganz automatisch reiht sich Rosa in die Schlange der Wartenden ein. Diese rückt nur langsam voran, denn Jonas hat für jeden ein passendes Wort. Er mahnt, lobt und verteilt Komplimente, wann immer es geht.

Während sie wartet, grübelt Rosa. Was soll sie nur tun? Noch einmal zur Berufsberatung? Das macht keinen Sinn.

Verkäuferin zu werden konnte sie sich vorstellen, jedoch war ihr nicht gleichgültig, was sie verkaufen würde. Schickimicki Mode interessiert sie nicht, Fleisch findet sie eklig. Der Berater fand das unsinnig, sie könne froh sein überhaupt einen Ausbildungsplatz zu finden. Das sei sowieso unwahrscheinlich.

Nun hat er auch noch Recht behalten ...

Was also soll sie tun? Einfach erst einmal einen Hilfsjob machen? Was soll sie tun?

Sie schreckt auf. »Was?«

Unbemerkt war sie mit der Schlange vorgerückt.

»Rosa, was möchtest du denn heute? Pommes, wie immer?«, fragt Jonas sie freundlich.

Zur Antwort nickt sie nur.

Als sie klein war, hielt sie Jonas für einen Elben, wegen seiner schlanken Gestalt, den wuscheligen blonden Haaren und den verschiedenfarbigen Augen – eins braun, eins blau. Von Mama erfuhr sie, dass dies nur bei vier von einer Million Menschen vorkommt. Da musste er doch ein Elb sein.

Jonas hält ihr ihre Portion hin: »Bäume wissen manchmal die Antwort. Geh doch in den Park, vielleicht tut dir das gut. Du siehst blass aus.«

»Ja, danke«, stammelt Rosa, während sie die Pappschale gegen die abgezählten Münzen eintauscht.

Neben dem Imbiss beginnt sie vorsichtig, die heißen Kartoffelstreifen aus der Soße zu ziehen und in den Mund zu schieben. Erst als sie nur wenige Stücke übrig hat, setzt sie ihren Spaziergang fort.

Was soll sie nur tun? Noch mehr Bewerbungen? Doch an wen?

Ein Lkw fährt laut rumpelnd an ihr vorüber, ein schwarzer Seat hupt. Hier kann sie keinen klaren Gedanken fassen. Was hatte Jonas gesagt? Bäume wissen manchmal die Antwort?

Der Lutherpark ist am nächsten, aber dort sitzen die Arbeitslosen. Zu denen möchte sie nicht gehören und ihren Frust bereits am Mittag in Bier ertränken.

Also schlägt sie den Weg zum *Evangelischen Krankenhaus* ein. Daneben liegt der Schwesternpark. Er wurde angelegt, um den Nonnenschwestern, die hier ihren Dienst leisten, das Heimweh zu nehmen. Pflanzen aus vielen Gegenden Deutschlands bilden verschiedene Areale. Rosa war im fünften Schuljahr mit ihrer Klasse dort. Das scheint Jahrzehnte her zu sein.

Mangels Lehrstelle ist sie jetzt ein Jahr bei Kolping zur BVB, was *Berufsvorbereitende Bildungsmaßnahme* heißt. Allerdings denkt jeder, der die drei Buchstaben hört an Borussia Dortmund – zumindest hier im Ruhrgebiet. Dieses Jahr hatte sie unterstützen sollen, bei der Suche nach einem Ausbildungsplatz. Ihre Klassenkameraden sprechen immer häufiger von den Sommerferien, aber die wissen auch, was sie danach tun werden. Sie scheint die Einzige zu sein, für die es keinen Platz gibt.

Im Schwesternpark folgt sie dem Hauptweg, ohne viel von ihrer Umgebung wahrzunehmen.

Sie schreckt hoch, als sie gegen die Beine einer Person läuft, die im Schatten sitzt.

»Oh, 'Tschuldigung …«, murmelt sie entgeistert und bleibt wie angewurzelt stehen.

»Ich glaub, ich bin noch heile«, erklärt die Frau lachend. »Komm, setz dich zu mir, bevor dir womöglich was passiert.«

»Warum nicht.« Rosa lässt sich neben die Frau plumpsen, die ihr merkwürdig vertraut vorkommt. »Kenne ich sie? Vielleicht durch meine Mutter?«

»Ich bin Karasi. Wenn du mir jetzt deinen Namen sagst, kennen wir uns schon ein wenig.«

»Rosa. Also kennen Sie meine Mutter nicht?«, fragt sie verwirrt nach.

»Nein, Rosa, deine Mutter kenne ich nicht. Ich glaube allerdings wir sollen uns kennenlernen.«
Karasi schüttelt den Kopf, wobei sich ihre beiden geflochtenen Zöpfe abwechselnd auf und nieder bewegen.
»Das klingt bestimmt total irre, oder?«
»Wie, wir sollen uns kennenlernen?« Ist diese Frau womöglich nicht ganz dicht? Aber irgendwie gefällt sie ihr mit der Indianerfrisur und der bunten Jacke.
»Ich hatte so eine Ahnung von dir ... Meinetwegen nenn' es Vision. Du sahst dabei rosa aus. Ich konnte mir das nicht erklären, aber nun verstehe ich es«, bekennt Karasi schmunzelnd.
»Das ist ganz schön merkwürdig.« Rosa sagt das nur, um irgendetwas zu sagen. Soll sie besser gehen? Oder erst noch abwarten?
»Stimmt, so eine Begegnung ist es würdig bemerkt und gemerkt zu werden.«
»Was?« Rosa lacht. »So habe ich das Wort bisher nie verstanden: merk - würdig.« Das fasziniert sie und ist vielleicht der Moment, in dem sie beginnt dieser Frau zu vertrauen.
»Du schienst eben vollkommen in Gedanken versunken. Was beschäftigt dich denn?«
Zögernd fängt Rosa an, von ihren Bewerbungen zu sprechen, von der Absage heute Morgen und ihrer Ratlosigkeit. Es tut ihr gut, sich all das von der Seele zu reden. Darum hört sie nicht auf. Sie erzählt von ihrem Vater, der sie mit fünf Jahren verlassen hat, um sich selbst zu finden, wie er sagte. Erzählt von ihrem schlauen Bruder Vincent, neben dem sie sich dumm fühlt. Erzählt von ihrer Mutter, die eigentlich toll ist, in Bezug auf die Lehrstelle aber inzwischen auch ratlos.
Dabei dreht sie ununterbrochen eine ihrer langen braunen Haarsträhnen um den Finger, löst sie wieder und wickelt erneut.

»Puh, du hast es im Moment nicht leicht.« Karasi streicht mit ihrer Hand kurz über Rosas Jackenärmel. »Schau mal, die Buche dort.«

Rosa schaut sich um, nimmt die einzelnen Sträucher und Gewächse um sich wahr.

»Was ist mit der?«

»Im Laufe des Sommers wird sie Bucheckern bilden. In jedem dieser Samen steckt von Anfang an ein fertiger neuer Baum. Die Form der Blätter, die Struktur der Rinde, die Maserung des Holzes. Alles steht von Anbeginn an fest. Auch seine Größe, wenn er lang genug wachsen darf. In einem anderen Samen steckt ein anderes Potenzial. Keiner der beiden ist besser oder schlechter.«

»Ja, und?«

»Vincent hat eine Vorstellung davon, wie sein Leben in Zukunft aussehen wird. Das hat nichts mit Intelligenz zu tun. Er hat lediglich sein Potenzial erkannt. Du suchst eine Lehrstelle. Aber ich habe dich nicht von einem Ziel sprechen hören. Hast du eine Idee von dem, was du machen möchtest?«

»Nein, das ist es ja! Die haben gesagt, ich soll mich für etwas bewerben, wo es Chancen gibt. Deshalb: Verkäuferin«, antwortet Rosa verzweifelt.

»Und ich glaube, du brauchst Begeisterung für eine Sache, um dich voll Freude lange und intensiv damit zu beschäftigen. Diese Begeisterung ist Teil des Samenkorns, ebenso wie körperliche Gegebenheiten und was du sonst noch mitbringst. Je nachdem, in welchen Nährboden du dein Samenkorn setzt, wird ein anderer Beruf daraus. Also nehmen wir an, du interessierst dich brennend für Mode, bist kreativ und geschickt mit den Händen. Damit könntest du Kunden in einer Boutique beraten oder als Designerin Klamotten entwerfen.«

Karasi hält inne, zupft an ihrem lila Halstuch und bemerkt: »Ich glaube ich rede zu viel.«

»Ein bisschen«, grinst das Mädchen. »Aber was du sagst, klingt logisch. Wie kann ich denn herausfinden, was für mich das Richtige ist?«

Sollte also noch nicht alles vorbei sein, ihre Zukunft, ihr Leben? Bisher wurde sie immer aufgefordert sich realistische Ziele zu setzen, sich dem Arbeitsmarkt anzupassen. Wahrscheinlich war das gut gemeint, aber in ihr ist nie ein reizvolles Bild entstanden. Genau genommen hatte sie versucht, gar nicht darüber nachzudenken, denn was ihr einfiel, schien unmöglich und was möglich war, klang nach: arbeiten um überleben zu können. Das kann doch nicht alles sein, hatte sie jedes Mal gedacht. Jetzt keimt zum ersten Mal seit langem wieder Hoffnung in ihr. Vielleicht gibt es auch einen Weg für sie. Ihren Weg.

»Leider bin ich nicht wirklich hellsichtig ... Aber ich habe manchmal richtig gute Ideen und würde dir gerne helfen. Möglicherweise kommen wir deinem Traumberuf gemeinsam näher.«

»Das wäre toll!«, platzt Rosa heraus.

»Schön«, freut sich Karasi ebenfalls. Sie rückt ein wenig auf der Bank hin und her, bis sie eine gemütliche Position gefunden hat. »Dann erzähl doch mal: Was machst du so? Wie ist der Unterricht? Wer sind deine Freunde? Oder was kommt dir sonst gerade in den Kopf?«

Beschränkte Freiheit

»So, dann haben wir das geklärt«, sagt der Besucher und erhebt sich.

Der Mann im Anzug tritt hinter dem Schreibtisch im Bauhausstil hervor, um ihn zur Tür zu geleiten. »Herzlichen Glückwunsch zu Ihrer Entscheidung. Mit dieser Lebensversicherung haben sie gut für ihre Familie vorgesorgt«, gratuliert er. Doch trotz des Lächelns verschwindet der spöttische Ausdruck um seinen Mund nicht ganz.

Den Klienten hat der Mann in seiner Funktion als Versicherungsmakler beraten, unter seinem richtigen Namen, mit dem er Steuern zahlt. So bleibt er unbemerkt. Die wirklichen Aufträge erledigt er als *Peter Müller*, wenn es nicht gerade nötig ist einen anderen Namen zu benutzen.

An der offenen Tür zögert der Klient.

»Ich bin neugierig.« Er weist auf ein 80 × 60 Zentimeter großes Bild, in warmen Erdtönen. Durch die kühle Einrichtung des Raumes in Metall und Glas, fällt es besonders ins Auge. »Wer ist das?«

»Das ist Edward L. Bernays, ein Neffe von Sigmund Freud. Er gilt als einer der Väter des Public Relations«, erklärt Peter kurz angebunden.

Nachdem er die Tür hinter dem Besucher geschlossen hat, betrachtet er vom Schreibtisch aus erneut das Abbild des älteren Mannes.

Mit ihm ist er aufgewachsen. Ein ähnliches Bild, nur noch um einiges größer, hing bei seinen Eltern im Esszimmer. Dieses Exemplar hatte er samt Büro und Posten von seinem Vater übernommen, als der befördert wurde.

Im Laufe der Jahre war Barneys dann auch zu seinem eigenen Vorbild geworden.

Peter lockert die Krawatte und streicht sich durch das graumelierte Haar.

Barneys wuchs in den USA auf. Unter Zuhilfenahme der psychologischen Erkenntnisse seines Onkels, erwarb er in den 20ern, einen Namen in der Öffentlichkeitsarbeit. Seinem Verständnis nach waren Menschen zu irrational, um gute Entscheidungen zu treffen. Also führte er sie, je nachdem wohin die auftraggebende Firma es wünschte.

Peters Lieblingsgeschichte ist die von Lucky Strike: Um den Kundenkreis zu vergrößern, wollte man Frauen zum Rauchen bringen. Barneys beeinflusste die Modebranche, das *Lucky-grün* zur Farbe der Saison zu machen. Zur Osterparade 1929 schickte er als Suffragetten verkleidete Frauen, die Lucky-Strike rauchten. Als diese von Reportern fotografiert wurden, erklärten sie die Zigaretten zur *Fackel der Freiheit.*

Die Verkaufszahlen stiegen drastisch an.

Peter seufzt. Seine eigenen Erfolge sind weniger spektakulär.

Er wendet sich einem aktuellen Auftrag zu: genmanipulierte Lebensmittel. Den Begriff schreibt er genau in die Mitte eines DIN A3 Blattes und fügt drei abzweigende Pfade hinzu.

Lineares Denken und Handeln führen nur zu mäßigen Ergebnissen, davon ist Peter überzeugt. Mindmaps bieten ihm die Möglichkeit, die linke logische Hirnseite gemeinsam mit der rechten kreativen zu nutzen.

An den ersten der drei Pfade schreibt er *Kreuzung* und *Artenkreuzung.* An den nächsten notiert er die Worte *schön, gesund* und *organisch.* Den letzten freien Ast beschriftet er mit *Vielfalt, natürliche Ordnung* und *Wahl.*

Nun zieht er von jedem Begriff aus, einen neuen, nach außen führenden Strich für seine Ideen zur Implementierung.

Peter grinst. Sobald er fertig ist, wird die Bevölkerung diese Begriffe assoziieren, falls sie von genetisch veränderten Lebensmitteln hört. Er staunt immer wieder, wie leicht er die Menschen beeinflussen kann. Ein paar von ihm initiierte Auftritte in den sozialen Netzen, dazu reichlich gekaufte Kommentare und *Likes,* schon glauben die Leute alles, was man ihnen vorsetzt. Dabei hätte heutzutage jeder die Möglichkeit sich zu informieren, wenn er nicht zu bequem wäre.

Einer Eingebung folgend, notiert er an den zuletzt gezeichneten Strich *wissenschaftlicher Artikel.*

Fürs erste braucht er einen Professor, der einen populärwissenschaftlichen Aufsatz schreibt, der dann in einem viel gelesenen Magazin erscheint. Wer kommt dafür infrage?

Ja, Professor Bingert ist ihm noch etwas schuldig. Auf Peters Anraten hatte die Organisation verhindert, dass Bingerts Forschungsgelder gestrichen wurden.

Geschmeidig gleitet er mit dem Stuhl vor den Computer und loggt sich ins Internet ein. Die Verbindung wird aus Sicherheitsgründen automatisch getrennt, wenn er sie nicht nutzt.

Kaum ist der Browser geöffnet, klickt er in die obere Auswahlleiste. Dort sieht er die aktuelle IP-Adresse. Damit ist feststellbar, wo er sich befindet. In einem Aufklapp-Menü wählt er unter vielen Fahnen den *Union Jack,* woraufhin er sofort eine neue IP-Adresse erhält, die jedem vorgaukelt, er sei in England.

Er öffnet Europa-Mail und schildert dem Professor in wenigen Sätzen sein Anliegen. Anschließend checkt er weitere Postfächer bei diversen inländischen und ausländischen Anbietern.

Als Initiator und Mitglied verschiedener Vereine, Initiativen und Interessenverbände treffen täglich zig Mails an Axel, Detlef, Klaus oder wie er sich im jeweiligen Zusammenhang gerade nennt, bei ihm ein. Zum Glück genügt meist die Kenntnisnahme.

Zusätzlich erhält er E-Mails von Menschen, die die Organisation im Laufe der Jahre verpflichtet hat. Manche erledigen etwas, andere beschaffen Informationen. Mal geschieht dies für eine Gefälligkeit oder Geld, mal gegen Stillschweigen. Die gelieferten Auskünfte gehen selten so weit, dass derjenige wirklich das Gesetz bricht. Aber auch Kleinigkeiten helfen weiter und viele sich ergänzende Angaben bringen ein klares Bild.

In einer neu geöffneten Mail steht nur ein einziger Satz: *Karola Siehlmann hat am 30.03.2015 um 11:37 Uhr am Geldautomaten Crengeldanz, 58455 Witten 300,- € abgehoben.* Als Absender erscheint eine sinnlose Zahlen- und Buchstabenfolge. Somit ist völlig unklar, ob sie von einem Menschen stammt oder ein in das Computersystem eingeschleustes Programm automatisch Alarm geschlagen hat.

Für Peter ist es unerheblich, woher die Information kommt, er wird sich darum kümmern.

In der Datenbank, auf die er durch die Organisation zugreifen kann, stehen außer dem Namen *Karola Siehlmann* nur die Vor- und Nachnamen ihrer Eltern. Darunter die Nummer 5738.

Peter stöhnt. Auch das noch. Ein nicht digitalisierter Vorgang, den er erst anfordern muss.

Arbeitspause

Ächzend richtet sich Karasi aus ihrer gebückten Position auf und betrachtet die Beete, deren Boden sie von Unkraut befreit, gelockert sowie mit Kompost angereichert hat. Sie ist zufrieden mit ihrer Arbeit und froh diese Gegenleistung für das mietfrei Wohnen erbringen zu können.

Außerdem erinnert sie die Gartenarbeit an Zuhause, an ihren Garten mit den Gemüsebeeten. Hier wachsen ausschließlich Zierpflanzen, die im Moment keine echte Zierde sind. Die Schneeglöckchen sind bereits verblüht, die Krokusse beginnen zu welken. Die Leberblümchen mit ihren drei-segmentigen Blättern wirken noch unansehnlich, bis sich in den nächsten Tagen ihre blauen Blüten öffnen – wenn sie sich öffnen. Ihr natürlicher Lebensraum ist der Wald, hier wurden sie nicht einmal an einen Schattenplatz gesetzt.

Karasi überlegt, dass sie vielleicht günstig ein paar winterharte Stauden kaufen könnten.

Allerdings kann sie Frau Langes Geschmack nur anhand der vorhandenen Bepflanzung erahnen. Ihre Latzhose mag sie. Groß und grün hat Karasi sie vorhin im Geräteschuppen entdeckt und für die Arbeit ausgeliehen. Jetzt streift sie die Träger von den Schultern, lässt den Latz herunterhängen.

Am Außenbecken wäscht sie Hände und Gesicht. Dann löst sie die Spange, mit der sie ihre Haare hochgesteckt hatte.

»Was hältst du von einer Kaffeepause, Dashur?«, ruft sie Bruno zu, der in einer anderen Ecke des Gartens einen verdorrten Strauch ausbuddelt, der einmal ein Holunder gewesen sein mag.

»Oh ja gerne, Minette«, antwortet er, streckt seinen Rücken, indem er die Fäuste in die rückwärtige Taille stemmt und lächelt ihr zu. »Der wird uns guttun.«

Schnell hat Karasi das Kaffeepulver mit einer kleinen Menge Zucker im Topf aufgekocht. Nach einigen Minuten Wartezeit verteilt sie die samtene Flüssigkeit auf zwei Tassen, stellt mit Wasser gefüllte Gläser dazu und trägt das Tablett hinaus in den Garten.

Bruno hat inzwischen rote Polster auf die zerkratzten Monoblockstühle gelegt, den ebenso zerkratzen Tisch abgewischt sowie eine Decke über Karasis Stuhllehne drapiert.

Als sie es sich gemütlich gemacht haben, senkt Karasi die Stimme: »Ich glaube, wir werden beobachtet.«

»Die Nachbarn sind neugierig. Lass sie doch.«

Karasi zuckt die Schultern, dann lehnt sie sich zurück, schlüpft aus den Schuhen und legt ihre Füße auf Brunos Beine. Sie weiß, dass er recht hat. Alles was anders ist, verunsichert die Menschen, sie können es nicht einordnen. Also versuchen sie herauszubekommen, was es damit auf sich hat. Da ist es besser, sie beobachten und sehen, dass sie Beide völlig normal sind, als dass sie sich etwas ausdenken.

»Erzählst du mir jetzt, wie es gestern war?«, fragt Bruno.

»Gerne. Ich war abends einfach zu müde. Wahrscheinlich habe ich noch Nachholbedarf, von unserer Fahrt hierher.« Sie nimmt ihre Tasse und späht hinein, um festzustellen, ob sich der Grund abgesetzt hat. Vorsichtig trinkt sie einen Schluck. »Ich habe das Mädchen getroffen. Oder besser: sie hat mich fast umgerannt. Sie heißt übrigens Rosa.«

Bruno nickt verstehend.

»Sie hat mir viel von sich erzählt, aber schon vorher hatte ich das Gefühl sie zu kennen. Verrückt ist, dass es ihr wohl ähnlich geht. Sie hat gefragt, ob wir uns bereits begegnet wären.«

Karasi nippt erneut am Kaffee. »Rosa sucht eine Lehrstelle. Wegen der Absagen zweifelt sie an allem. Dabei ist sie so eine faszinierende junge Frau. Im Moment fehlt ihr auch jemand zum Reden. Ihre Schulfreunde sind in der Lehre oder arbeiten – haben also kaum Zeit. Ihre beste Freundin ist sogar nach Hamburg gezogen.«

Vorsichtig leert Karasi die Tasse, sodass nur das feuchte Kaffeemehl zurückbleibt und stellt sie ab. Dann zieht sie sich mit einem Griff nach hinten die Decke über die Schultern.

»Möchtest du rein gehen?«

Lächelnd lehnt sie ab: »Nein, so ist es angenehm. Danke. Außerdem freue ich mich, hier draußen die Forsythien zu sehen. Das leuchtende Gelb tut meiner Seele gut.«

Bruno hält in der rechten Hand seine Tasse, während er mit der linken Karasis Beine streichelt. »Was hast du Rosa von dir erzählt?«

»Nur, dass ich eine Vorahnung hatte, dass wir uns begegnen. Alles Weitere habe ich ihr für das nächste Treffen versprochen.«

»Ihr seid verabredet? Schön! Wann denn?«

»Morgen Nachmittag. Ich freue mich schon riesig.«

»Weißt du inzwischen, was euch verbindet? Ich meine, warum du sie immer wieder gesehen hast?«

»Bruno, ich habe keine Ahnung«, sagt Karasi betont langsam, tief ausatmend. Sie hatte gehofft, mehr zu wissen, wenn sie hier ist, zumindest, nachdem sie das Mädchen getroffen hat.

Andererseits, muss sie das wirklich wissen? Reicht es nicht aus, dass es ihr Freude macht Zeit mit Rosa zu verbringen? Irgendwie bezweifelt sie jedoch, dass es so banal ist.

Sie wendet sich wieder Bruno zu: »Aber nun erzähl mal wo du dich gestern 'rumgetrieben hast.«

»Ich bin erst einfach so durch die Gegend gelaufen. Dann entdeckte ich einen Weg für Radfahrer und Spaziergänger, der etwas erhöht liegt. Vermutlich war es ursprünglich eine Bahnstrecke. *Muli* heißt die glaub ich.«

Karasi lacht. »*Esel.* Ich kenne die Strecke, da fuhr die Bahn noch. Wir haben als Kinder dort gespielt. Heimlich, weil es natürlich verboten war. Dort warst du?«

Bruno nickt. »An einigen Stellen konnte ich sehr weit gucken. Wunderschön! Der Kontrast zwischen Natur und Industrie fasziniert mich besonders. Ich bin ein ganzes Stück gegangen. Dann sah ich etwas Seltsames. Eine Vertiefung im Boden, mit rot-weißem Band ringsherum abgesperrt. Es erinnerte an einen Krater nach einem Meteoriteneinschlag, nur, dass nichts verbrannt schien.«

»Ich nehme an, das war ein *Tagebruch.*«

»Ein was?«

»Tut mir leid, wenn man hier aufwächst, ist das ganz normal. Wir haben in der Schule gelernt, dass Witten die Wiege des Bergbaus ist. Ein Schäfer soll sich nachts ein Feuer gemacht haben. Am Morgen glühten einige Steine immer noch. Also hat er solche Steine gesammelt und andere taten es ihm nach. So ist der Tagebau entstanden. Den Bauern wurde das Sammeln bald verboten. Der massive Abbau begann. Dabei drang man tiefer ins Erdreich vor und war dann irgendwann unter Tage. Das muss fünfzehnhundert-irgendwas gewesen sein. Es gibt keine Aufzeichnung über den Verlauf der ersten Stollen. Die später entstandenen Abbaugebiete wurden wieder aufgefüllt. Die ersten nicht, also sind viele Bereiche im Boden quasi hohl. Manchmal brechen sie ein. Das nennt man Tagebruch.«

»Das weißt du alles noch aus der Schule?«

»Das wird hier automatisch mit der eigenen Geschichte verquickt. Im August 1966, meinem Geburtsjahr, war das letzte Mal ein Grubenpferd im Einsatz. Ich glaub, es hieß Seppel. Fünfundsiebzig Jahre lang haben Pferde die Kohle auf horizontalen Strecken befördert, dann wurden Maschinen eingesetzt. Ich erinnere mich, wie schrecklich ich es als Kind fand, das Bild solch eines Pferdes zu sehen.«

»Das verstehe ich gut.«

»Aber es gibt auch lustige Sachen. In ganz Deutschland kennt man die Redewendung: *Ich bin vor Ort.* Dabei ist kaum jemand, der das sagt wirklich dort, denn *das Ort,* ist in der Bergmannssprache die Bezeichnung für die Stelle, an der abgebaut wird, meist am Ende des Stollens.«

»Ihr Deutschen«, murmelt Bruno kopfschüttelnd.

Karasi knufft ihn scherzhaft, woraufhin er sich grinsend die Schulter reibt.

»Ich möchte noch einmal zu diesem Tagebruch, dann mit der Kamera. Wenn du morgen verabredet bist, nutze ich die Gelegenheit.«

»Das klingt gut. Ich freue mich schon auf deine tollen Fotos, Ylli.« Karasi streichelt über Brunos Arm. »Trotzdem ist es verrückt. An den Unterrichtsstoff kann ich mich erinnern, aber nicht an einen einzigen Namen von jemandem, der mit meinen Eltern zu tun hatte.«

»Was haben die beiden eigentlich gearbeitet?«

»Papa arbeitete als Ingenieur bei einer Bergbaugesellschaft und Mama als Krankenschwester. Ich kannte die inneren Organe, kurz nach dem ich sprechen konnte. Mama hat das lustig gemacht. Wenn ich Pipi musste, hat sie mir erklärt, dass der Urin jetzt in der Blase gesammelt wäre. Vorher sei er von den Nieren aus dem Blut herausgefiltert worden. So lenkte sie mich ab, bis wir im Kaufhaus die Toiletten erreichten.« Karasi lacht. »Später eröffnete sie eine Praxis. Keine Ahnung wofür genau. Es hat mich damals nicht interessiert«, sagt sie bekümmert.

»Du warst 10 Jahre alt. Ich glaube, da haben die meisten Kinder nur eine vage Vorstellung von dem, was ihre Eltern so machen«, versucht Bruno sie zu trösten. »War sie denn allein in der Praxis?«

»Nein, mit Inge zusammen. Mama wollte weiter nur halbtags arbeiten, weil ich ja auch noch da sei. So hat sie das immer gesagt. Aber an Inges Nachnamen erinnere ich mich absolut nicht mehr.«

»Lass uns morgen erst mal zum Amt gehen. In diesem *Geburtenbuch* stehen die Angaben über deine Eltern. Bei einem anderen Amt wird die Praxis eingetragen sein. Wir finden sicher was heraus.«

Karasi nickt, tapfer lächelnd. Bruno hatte *wir* gesagt. Er sieht es nicht nur als ihre Angelegenheit, sondern ist wirklich bei ihr. Auch dafür liebt sie ihn.

»Komm, lass uns ein bisschen weitermachen«, fordert er sie nun auf. »Ich will jetzt den Falterstrauch schneiden, damit die Schmetterlinge Futter kriegen … oder nein: Schmetterlingsstrauch zurückschneiden für die Falter.«

Bruno lacht und Karasi lacht mit ihm.

Als beide stehen, scheint es, als würden sie magnetisch voneinander angezogen. Sie geben dem Gefühl nach, schmiegen sich eng aneinander. Nun dauert es doch noch eine kleine Weile, bis sie weiterarbeiten.

Freiheit im Halt

»Rosa!«

»Unter meiner Haut ...« Rosa singt die Titelzeile aus einem Song von *Gestört aber geil*, als sie ihre Mutter rufen hört. Oh nein, jetzt schon? Sie hatte gehofft, bis zu diesem Gespräch noch etwas Zeit zu haben. Nun ist es unausweichlich, also trottet sie in die Küche und setzt sich ihrer Mutter gegenüber an den ausziehbaren Tisch.

Der kleine Raum erscheint heute geradezu winzig. Ihr Blick wandert an der Einrichtung entlang. Wie so oft wenn sie unruhig ist, beginnt sie die weißen Küchenmöbel zu zählen: 1 – 2 – 3 – 4 – 5 oben und 1 – 2 – 3 – 4 (Herd) – 5 (Schubfächer) unten.

Virginia schaut sie mit ihren bernsteinfarbenen Augen an, streicht sich durch den hellbraunen Stufen-Bob und lächelt mitfühlend. Augenblicklich meldet sich Rosas schlechtes Gewissen.

»Ich habe den Brief gelesen«, erklärt ihre Mutter sanft. »Ich verstehe, dass du enttäuscht bist. Mir den Umschlag einfach so hinzulegen, finde ich trotzdem unangebracht.«

Rosa nickt. »Sorry Mama, aber die wollen mich auch nicht.« 1 – 2 – 3 – 4 – 5 ...

»Moment mal, da steht: Sie können dich nicht in diesem Jahr ausbilden, behalten jedoch deine Unterlagen. Das ist doch positiv.«

»Mama ...«, quengelt Rosa. »Das nützt mir jetzt kein bisschen.« 1 – 2 – 3 – 4 – 5 ...

»Ja, das stimmt.«

»Das sie mir Hoffnung für ein anderes Mal machen, ist wie ein Aprilscherz, der einen Tag zu früh eingetroffen ist.«

Ihre Mutter schüttelt verdutzt den Kopf. »Meinst du, bei deinem BVB können sie dir helfen?«

»Ach die! Manche versuchen das ja, aber eigentlich geht es wie immer nur ums Geld. Das bekommen die, ob sie mir helfen oder nicht.« 1 – 2 – 3 – 4 – 5 ...

»Sei gerecht, Rosa«, mahnt ihre Mutter. »Was ist mit dieser Lehrstellenbörse? Läuft die Anmeldung über das Arbeitsamt?«

Rosa will nicht zum Arbeitsamt, will sich nicht von Menschen, die sie gar nicht kennen, erklären lassen, was das richtige für sie sein soll. 1 – 2 – 3 – 4 – 5 ... Lieber möchte sie mit Karasi sprechen. Ohne darüber nachzudenken sagt sie: »Keine Ahnung, aber ich habe gestern eine Frau kennengelernt ...«

»Was für eine Frau?«, unterbricht ihre Mutter sie.

»Mach dir keine Sorgen, Mama. Sie saß im Park und wir haben uns unterhalten. Sie meint, ich müsse erst mal wissen, was ich will.«

»Oh, eine ganz neue Erkenntnis.« Rosa hört den ironischen Unterton deutlich.

»Ich weiß, dass du das auch schon gesagt hast. Aber sie möchte mir helfen das heraus zu finden. Und was sie mir erklärt hat, habe ich verstanden«, erwidert sie trotzig.

»Ist ja gut Kind. Wenn euer Gespräch dir hilft, bin ich froh. Was ist das für eine Frau?«

»Eine Frau halt. Älter als du und mit total bunten Klamotten. Ich habe noch nie jemand mit so vielfarbigen Kleidern gesehen.«

»Wo kommt sie her? Was macht sie? Was will sie von dir?« Virginia beugt sich vor.

»Sie will gar nichts. Ich mag sie einfach und sie mich auch – glaub ich.«

»Ich weiß Rosa, du bist fast achtzehn, aber das klingt wirklich merkwürdig.«

Rosa grinst. »Hast du dir schon mal überlegt, was merkwürdig bedeutet? Merk-würdig, genau das ist Karasi.«

»Ist das von ihr? Immerhin eine originelle Überlegung. Trotzdem, was ist Karasi für ein Name? Ist sie Ausländerin?« Auf Virginias Stirn zeigen sich die kleinen Falten, die dort immer entstehen, sobald sie beunruhigt ist.

»Mama, ich werde sie das alles fragen, wenn ich sie das nächste Mal sehe, OK?«

»Ja, na gut«, lenkt ihre Mutter ein. »Allerdings hast du mich neugierig gemacht. Ich würde sie gerne kennenlernen. Magst du sie einladen mit uns zum Osterfeuer zu gehen?«

»Gut, ich frage sie. Aber wehe, du fängst da an sie auszufragen oder so«, fordert Rosa. Das wäre nun wirklich zu peinlich.

Virginia lehnt sich zurück. »Ich bin ganz brav«, sagt sie augenzwinkernd. »Dennoch gehst du morgen zum Arbeitsamt und erkundigst dich.«

Geburt und Tod

»Es hat sich alles so verändert. Also, soweit ich mich überhaupt erinnern kann«, erklärt Karasi während sie mit Bruno Hand in Hand in die Innenstadt spaziert. »Ich bin gespannt, ob das Rathaus noch steht. Das hat mich als Kind sehr beeindruckt. Dieses spinnennetzartige Fenster über der Uhr mit römischen Zahlen und der kleine runde Turm auf dem großen eckigen. Nachdem ich erfahren hatte, dass das Turmdach aus Kupfer ist, habe ich mir so gewünscht, jemand würde es putzen, damit es in der Sonne glänzt.«

»Hätte ich dich doch damals schon gekannt, Ricchezza«, wünscht Bruno.

Karasi drückt seine Hand. Sie laufen die Johannisstraße entlang. Die Menschen um sie sind in Eile. Kein Wunder, es ist ungemütlich. Der Wind zerrt an den Haaren und wirbelt Schmutz durch die Luft. Die Sonnenstrahlen dringen kaum durch die dichte Wolkendecke.

»Da, das ist es!«, freut sich Karasi und zeigt auf ein imposantes gelbes Gebäude.

Sie warten an der Ampel, bis sie auf grün springt und kreuzen die Ruhrstraße. Auf der anderen Seite liegt die Fußgängerzone, die ab hier Bahnhofstraße heißt. Sie halten sich rechts, um den angrenzenden Platz zu überqueren. Heute ist Markt und die Stände machen es nötig im Zickzack zu gehen.

Karasi tastet nach ihrer alten Büchertasche, trotzdem diese die ganze Zeit schwer an ihrer Schulter hängt. Vorsichtshalber hat sie alle Unterlagen eingepackt, die sie noch besitzt. Die vertrauten Narben und Macken im Leder zu ertasten beruhigt sie ein bisschen.

»Dann werde ich mal ... Kommst du mit?«, hoffnungsvoll schaut sie zu Bruno auf, obwohl er sie nur um wenige Zentimeter überragt.

»Wie könnte ich diesem Blick widerstehen?«, erwidert er schmunzelnd und zieht sie sanft in Richtung der schweren Eingangstür. Dahinter ist ein kleiner Flur, der in einer Halle mündet. Links liegt ein einladender Wartebereich mit zwei über Eck gestellten Bänken. Auf der einen lümmelt ein Mann mit blonden Dreadlocks und weichem Kindergesicht, ein älteres Paar teilt sich die andere. Zwischen ihnen steht eine Frau im geplünderten Kleid. Ihre übertrieben ausladenden Formen verraten sofort, dass sie kein echter Mensch ist. Aber anscheinend ist es diese Betonfigur, die zur angenehmen Atmosphäre beiträgt.

Der Gruppe gegenüber ist eine Glastür mit dem Hinweisschild *Bürgerinformation*. Daneben zeigt eine elektronische Tafel mehrere Zahlen. Die Höchste ist *036*. Darunter hängt der Ausgabeautomat für die Nummern. Auf ihrem Abschnitt ist *040* zu lesen.

Also warten sie. Karasi läuft unruhig hin und her und weiß gar nicht genau, was sie erhofft, was sie fürchtet. Sicher wird sie hier erledigen können, was zu erledigen ist. Aber wird sie auch etwas über ihre Eltern erfahren?

Nach einem *Pling* steht *037* auf der Tafel. Warum nur hat sie das Gefühl, dass es etwas zu erfahren gibt? Warum erscheint Mama in ihren Träumen, verfolgt sie geradezu?

038. Bruno kommt zu ihr, nimmt sie fest in seine Arme. »Alles ist gut, Amore.«

Es plingt zweimal direkt hintereinander – sie sind dran.

Endlich sitzen sie vor einem der Schreibtische in der Bürgerberatung. Die Fingernägel der blonden Mittzwanzigerin ihr gegenüber sind mit glitzernden Steinchen verziert.

»Sie haben keinen Ausweis?«, fragt sie zum dritten Mal. Ebenfalls zum dritten Mal antwortet Karasi: »Nein, nur diesen Reisepass.«

»Aber dort steht«, sie liest vor, »wohnhaft in Tirana, Albanien.«

»Das ist so üblich, wenn jemand seinen Pass bei der deutschen Botschaft in einem anderen Land verlängern lässt«, erklärt Karasi erneut.

»Nur hätten die den nicht verlängern dürfen. Sie benötigen einen biometrischen Reisepass.«

»Nein Danke, ich bin mit diesem zufrieden.«

»Das ist jetzt gesetzlich vorgeschrieben. Lassen Sie entsprechende Fotos anfertigen und beantragen Sie einen neuen Pass.«

»In Ordnung«, lenkt Karasi ein. »Bis ich den erhalte, ist dieser gültig und ich kann damit meine Angelegenheiten regeln?«

»Ja«, sagt die Blonde eingeschnappt. »Und was wünschen Sie jetzt von mir?«

»Ich möchte mich in Witten polizeilich melden.«

»Wo waren sie vorher gemeldet?«

Karasi atmet tief ein und öffnet den Mund. Da mischt Bruno sich ein: »Junge Frau, ich verstehe vollkommen, dass Sie solch einen speziellen Fall nicht alle Tage haben. Kein Mensch kann erwarten, dass Sie für sämtliche Sonderfälle die Verordnungen kennen. Ich versichere Ihnen, dass nur jemand der in Deutschland abgemeldet ist, seinen Pass bei einer Botschaft verlängern darf. Das Abmeldeformular ist zwar schon älter, aber trotzdem das letzte gültige Papier aus Deutschland.« Er zeigt auf die Unterlagen, die Karasi auf dem Schreibtisch ausgebreitet hatte. Dankbar drückt sie Brunos Hand.

Wieder etwas freundlicher, erkundigt sich die Blonde bei Karasi: »Wo in Witten wohnen Sie denn jetzt?«

»Ich habe keinen festen Wohnsitz«, antwortet diese.

Die junge Frau verdreht die Augen, wendet sich Ihrem Computer zu und beginnt auf die Tasten einzuhacken. Anschließend greift sie zum Telefonhörer. Sie bittet jemandem, am anderen Ende der Leitung, ihre Eingaben zu überprüfen.

Karasi erhält ihre Anmeldebestätigung. Auskünfte über Eheschließungen und Geburten kann sie beim Standesamt erfragen. Links den Flur entlang, die zweite Tür.

Also stehen sie mit zwei anderen Wartenden vor besagter Tür.

»Du hast nicht vor einen neuen Pass zu beantragen, oder?«

»Wir sind nur kurz in Deutschland. Zu Hause werde ich keine Probleme bekommen. Warum sollte ich 60,- € ausgeben?«

Grinsend zuckt Bruno die Schultern.

Karasi bemerkt den Jungen mit den Dreadlocks, der jetzt auf einem Stuhl, ein Stück den Gang hinauf, sitzt. Er schaut zu ihr herüber.

»Bruno, der Typ saß eben noch vorn in der Halle. Seltsam.«

»Wer, Babyface?«

»Ja, der ist mir suspekt.«

»Wer weiß, warum der da hockt.«

»Ist ja auch egal. Ich bin einfach total aufgeregt. Keine Ahnung weshalb.«

»Na ja, du hoffst, etwas über deine Familie zu erfahren. Wenn das nicht aufregend ist!«

Bruno nimmt ihre Hand und schüttelt sie. »Karola Siehlmann. Schön dich kennen zu lernen.«

Karasi grinst. »Es fühlt sich fremd an zu sagen, dass ich so heiße. Es ist ewig her, dass ich mich so nannte.«

»Das kann ich verstehen. Aber du wirst ja nicht durch Nennung des Namens wieder zu der, die du mal warst. Außerdem bin ich bei dir, Liefje«, tröstet Bruno und gibt ihr ein Küsschen auf die Wange.

»Danke, Ylli«, flüstert sie. Alle rücken einen Platz vor, weil ein Mann mit Schirm das Büro betreten hat.

»Magst du erzählen, woher der Name *Karasi* stammt?«

Karasi lächelt. »Nach dem Tod meiner Eltern lebte ich im Internat. Unsere Englischlehrerin versuchte, den Unterricht aufzulockern, indem sie Besonderheiten aus England und den USA erzählte. Als wir erfuhren, dass die Amis zwischen Vor- und Nachnamen den Anfangsbuchstaben ihres zweiten Vornamen setzen, entstand so ein Spiel mit Namen und Buchstaben. Wochenlang malten wir kunstvolle Initialen, jedoch nur mit zwei Buchstaben, wie es in Deutschland üblich ist. Susanne aus der Parallelklasse kam später auf die Idee, den Vokal anzuhängen. Ihr Nachname war Lagur, also hieß sie SuLa. Mich nannte sie KaSi. Ich setzte dann das Ra von Ramona, meinem zweiten Vornamen, dazwischen. Allerdings erzählte ich niemanden davon. Es war mein Geheimname.«

Erneut rücken sie einen Platz vor, stehen nun direkt vor der Tür.

Bruno nickt. »Ich verstehe, inzwischen ist dein Name nicht mehr geheim. Jeder darf wissen, wer du bist.«

Karasi ist gerührt, weil er wieder wesentlich mehr versteht, als sie erklären kann. Ja, sie ist zu der geworden, die sie so lange geheim gehalten hatte, bis sie selbst kaum noch wusste, wer sie war. Ihre Eingebungen, ihr Gespür für Menschen, ihre Verbundenheit mit Pflanzen ... All das darf jetzt sein.

Sie umarmt Bruno liebevoll. Da öffnet sich die Tür.

Das ohnehin düstere Büro wird zusätzlich von zwei hochaufgeschossenen Gummibäumen vor dem Fenster verdunkelt. Der Beamte im zerknitterten Anzug hinter dem Schreibtisch schaut sie missmutig an.

»Was kann ich für Sie tun?« Der Klang seiner Stimme scheint das Angebot zu widerrufen.

»Guten Tag. Mein Name ist Siehlmann, Karola Siehlmann. Hier ist mein Pass.«

Der Mann wirft einen kurzen Blick darauf, reagiert aber sonst nicht weiter.

»Ich hätte gern alle Informationen, die Sie zu meiner Familie haben.«

»Sie müssen dieses Formular ausfüllen, um einen Auszug aus dem Personenstandsregister zu bekommen. Das macht 7,- €.«

Er reicht ihnen das Papier, wobei er auf seinen Monitor starrt.

Derweil springt mit lautem Rattern der Drucker an.

Sie erhalten den Ausdruck im Tausch gegen das Formular sowie die Gebühr, ohne dass der Mann sie erneut ansieht.

Karasi flieht aus dem Büro und weiter aus dem Gebäude, über den Rathausvorplatz.

»Oh, wie schrecklich«, stöhnt sie.

»Der war wirklich sehr unfreundlich«, stimmt Bruno ihr zu.

»Alles nur Eigenschutz. Da war so viel Schmerz. Irgendwas ist mit seiner Tochter. Ich konnte es kaum von mir fernhalten. Furchtbar ...«

»Geht es wieder?«

»Ja, ja, die Hauptsache wir haben den Auszug.«

Erst jetzt schenken sie dem Papier ihre Aufmerksamkeit. Bruno steht ganz nah hinter Karasi, schaut über ihre rechte Schulter. Gemeinsam lesen sie:

Ehefrau: Emilia Siehlmann, geborene Sommer,
geboren am 3.09.1944 in unbekannt
gestorben am 8.09.1976 in Dortmund
Ehemann: Manfred Siehlmann,
geboren am 5.02.1941 in Bochum
gestorben am 8.09.1976 in Dortmund
Eheschließung: 15.05.1964, in Witten
Kind(er): Karola Ramona Siehlmann,
geboren am 21.12.1966 in Witten

»Warum ist der Geburtsort meiner Mutter unbekannt?«, fragt Karasi verstört.

Bruno zuckt die Schultern, ebenso verwirrt wie sie.

»Das hilft mir alles nicht. *Sommer* ist nun wirklich kein seltener Name. Wie soll ich da Verwandte finden? Papa wurde adoptiert. Seine Eltern wären inzwischen weit über hundert. Da gibt es also ebenfalls niemanden, den ich fragen kann. Was mache ich denn jetzt, Bruno?«

»Ich bin ratlos. Komm, wir gehen ein bisschen. Du sagst doch immer in Bewegung bewegt sich auch der Geist.«

Er ergreift ihre Hand und sie spazieren los, rechts die Einkaufsstraße hinauf.

Karasi hat keine Ahnung, was sie nun tun kann. Wie war sie nur auf die Idee gekommen, nach all den Jahren etwas über ihre Herkunft herausfinden zu wollen?

Natürlich, sie hatte von ihrer Mutter geträumt, immer wieder. Sonst konnte sie sich auf ihr Unterbewusstsein verlassen, konnte sicher sein, dass es ihr Wichtiges mitteilen wollte. Aber jetzt ... Das bringt sie alles nicht weiter, macht sie lediglich traurig.

Kaufhaus, Reisebüro, Juwelier sowie Apotheke und Fanshop präsentieren ihre Waren in österlich geschmückten Schaufenstern. Menschen gehen interessiert oder achtlos daran vorbei.

Auch Karasis Aufmerksamkeit wird von den vielen bunten Farben angezogen. Einstweilen lässt sie sich gerne ablenken. Vor einer Discount-Bäckerei sitzt eine Gruppe südländischer Männer zusammen.

»Fast wie zu Hause«, bemerkt Bruno wehmütig.

Die Wolkendecke bricht an einigen Stellen auf, blaue Himmelsflecken werden sichtbar. Ein einzelner Sonnenstrahl findet seinen Weg und bringt das aus dem Boden spritzende Wasserspiel am Berliner Platz zum Glitzern.

»Wie schön für die Kinder«, lächelt Karasi. »Aber auch für Mütter oder Väter, die dabei sitzen.«

Sie erreichen die Stadtgalerie, in der eine Vielzahl an Läden untergebracht sind.

»Können wir dort lang gehen? Ich mag diese Center nicht?«, bittet Bruno.

Also biegen sie in die Hammerstraße ein. An der nächsten Kreuzung entdeckt Karasi einen imposanten Bau mit Erker aus roten Klinkern mit weißem Zierstuck.

»Ich erinnere mich an kein spezielles Haus, aber solchen Stuck mochte ich schon früher«, freut sie sich.

Sie gehen rechts an dem Gebäude entlang, und stoßen zwei Häuser weiter auf ein Frauenpaar aus Mörtel, das zu beiden Seiten eines Fensters wacht. Die rechte Frau hält eine Palette samt Pinsel, die linke Zahnrad und Hammer. Karasi betrachtet sie ausgiebig.

Auch auf dem weiteren Weg entdecken sie verzierte Fassaden zwischen moderneren Gebäuden, während sie über die Körnerstraße wieder auf die Ruhrstraße gelangen.

Karasi wirft einen Blick nach rechts und stößt Bruno an.

»Schau mal.«

Vor der Sparkasse stehen mehrere Männer in Anzügen in einer Warteschlange. Es ist die gleiche Art Betonfiguren, wie die geblümte Frau, die sie im Rathaus gesehen hatten.

»Wie hübsch, die Stadt damit zu verschönern. Ich wüsste gerne, wer die gemacht hat.«

»Hömma, dat is doch vonne Christel Lechner. De Dinga stehn her überall, woll«, mischt sich eine Passantin ein, die schwer auf einen Stock gestützt, neben ihnen geht. »Aba de Blagen gehn imma dran, bisse wat kaputt ham oda machn et extra, verstehse.«

»Ja, danke«, sagt Karasi und lächelt die alte Frau freundlich an.

Bruno schaut sie irritiert an. »Was war das denn?«

»Ruhrdeutsch!« Karasi lacht. »Früher wurde das von wesentlich mehr Menschen gesprochen. Inzwischen sind es nur noch Reste, die bei vielen durchklingen, wie das *nach Omma gehen* oder *Hömm*a.«

»Also ein Dialekt?«, fragt Bruno.

»Nein, angeblich ist es keiner. Darüber streiten die Fachleute. Die Ruhrpottler interessiert es nicht, die reden einfach, wie's ihnen passt.« Karasi beschreibt mit den Armen einen Kreis, in den sie die Menschen um sich einschließt. »Jedenfalls heißt die Künstlerin Lechner. Es gibt noch mehr solcher Figuren in Witten, einige sind leider beschädigt.«

»Ach so«, grinst Bruno. »Aber wir suchen jetzt keine Figuren, sondern was Leckeres zum Kochen.«

»Gleich«, bremst ihn Karasi und klopft auf ihre Umhängetasche. »Zuvor möchte ich die Sache mit meiner Krankenversicherung erledigen. Was hältst du davon, dich inzwischen auf dem Markt am Rathausplatz umzuschauen? Ich komme dann nach.« Sie schlingt ihre Arme um seinen Hals. »Wenn du einfach die Straße ...«

»Ich sehe schon«, unterbricht Bruno sie. »Bis später, Bukurie«, haucht er in ihr Ohr und küsst sie zärtlich zum Abschied.

Karasi schaut Bruno einen Augenblick hinterher, bevor sie die Filiale ihrer letzten Krankenversicherung aufsucht. Sie ist gesetzlich verpflichtet, sich wieder dort zu versichern. Wechseln könnte sie die Kasse frühestens in drei Monaten, darum ist sie froh, dass die *Sinceritas* ein Büro in Witten unterhält.

In dem hellen Raum, stehen vier Schreibtische. An der Wand prangt, zwischen zwei Türen, das Firmenlogo, ein Baum, dessen Blätter aus gelbgrünen Handabdrücken gestaltet wurden. Das Symbol und der lateinische Name für Gesundheit hatten Karasi damals bewogen diese Krankenkasse zu wählen, statt einer anderen mit fast identischem Angebot. Trotz ihres Berufs war auch sie nicht gefeit vor dererlei Suggestion.

Eine ältere Mitarbeiterin winkt sie an den Tisch.

»Guten Tag«, grüßt Karasi, nimmt Platz und bringt ihr Anliegen vor.

»Wie ist der Name des letzten Versicherers?«, ermittelt die Frau beflissen.

»*Sinceritas*«, erwidert Karasi und spart sich den Hinweis, dass sie sonst vielleicht gar nicht hier wäre.

»Aber das ist ja Jahre her! Sie müssen inzwischen irgendwo versichert gewesen sein.«

Unter den großen Augen bewegt sich beim Sprechen nur der mittlere Teil des breiten Mundes. Unwillkürlich denkt Karasi an einen Frosch.

Gequält antwortet sie: »Die gesetzliche Verpflichtung zur Krankenversicherung, besteht nur für in Deutschland gemeldete Personen.« Sie weist auf ihre Unterlagen. »War ich nicht – also musste ich nicht.«

»Moment.« Entnervt erhebt sich ihr Gegenüber, streicht den grauen Bleistiftrock glatt und verschwindet durch eine Tür. Nachdem sie zurückgekehrt ist, dauert es nur wenige Minuten sowie mehrere Unterschriften, bis der Vertrag abgeschlossen ist.

Karasi tritt vor das Gebäude und atmet erleichtert aus. Damit wären die organisatorischen Dinge erst einmal erledigt.

Wenn sie nach Albanien zurückkehrt, kann sie nun erneut eine Langzeit-Krankenversicherung mit maximal fünf Jahre Laufzeit abschließen. Trotz all ihrer Kenntnisse möchte sie für den Notfall vorsorgen.

Allein unter vielen

Mit einem *Ratsch* schneidet das Messer durch das Fleisch der Paprika. Sie wird ebenso in kleine Stücke zerlegt, wie zuvor schon Zwiebeln Kartoffeln und Zucchini. Karasi nimmt eine Tomate in die Hand, schnuppert daran und verzieht enttäuscht das Gesicht. Sie riecht kaum nach Tomate.

Eine andere hat sie jetzt nicht, also wird auch diese geschnitten und zuletzt in die Pfanne geworfen. Nachdenklich rührt Karasi das Gemüse. Nachher wird sie sich mit Rosa treffen.

Bruno sitzt neben ihr am Tisch, auf dem der Gaskocher steht.

»Snoepje, ich habe immer akzeptiert, dass ich wenig von deiner Vergangenheit weiß. Aber hier sind die Auswirkungen so groß, so greifbar ... Kannst du mir bitte ein bisschen von dir erzählen?«

Wo soll sie da beginnen? So viele Jahre hatte sie nicht darüber gesprochen, ja nicht einmal daran gedacht.

Mit leiser Stimme offenbart sie: »Nach dem Schulwechsel bin ich aufs Schiller-Gymnasium gegangen. Zum Glück mit meinen beiden besten Freundinnen in der gleichen Klasse. Petra und Gaby. Nachmittags haben wir oft zusammen gespielt. Gaby hatte als Einzige von uns einen Ken. Wir haben unsere Barbies herausgeputzt, die sich zum Ausgehen mit ihm trafen.

Ich erinnere mich noch genau, der 8. September war ein Mittwoch. Im Bio-Unterricht passte ich nicht besonders gut auf. Ich war fasziniert von einem Glasfehler in der Fensterscheibe, auf den die Sonnenstrahlen fielen, als ich von der Direktorin hinaus gerufen wurde. Bei ihr war eine

Dame vom Jugendamt, die rein äußerlich alle Vorurteile erfüllte. Unter dem strengen Dutt schaute sie durch dicke Brillengläser auf mich herab und teilte mir ohne Umschweife mit, dass meine Eltern bei einem Autounfall ums Leben gekommen seien.«

Karasi sieht von dem Gemüse auf, in dem sie monoton rührt. Bruno steht jetzt neben ihr, hält ihr ein Taschentuch hin und drückt sie sanft auf den Stuhl. Widerstandslos setzt sie sich, trocknet die Tränen, die unbemerkt den Weg über ihre Wangen gefunden hatten.

Das Gemüse, von Bruno auf den geblümten Tellern verteilt, schmeckt fade. Karasi nimmt ein Stück Brot, reißt kleine Brocken heraus und steckt einen in den Mund. Hunger hat sie keinen mehr. Stattdessen ist sie angefüllt mit dem Schmerz einer Zehnjährigen, die gerade ihre Eltern verloren hat. Noch nie hat sie über diese Ereignisse gesprochen. Doch nun soll alles heraus. In der linken Hand, das Brot, in der rechten, ein herausgerissenes Stückchen, schluckt sie noch einmal, obwohl der letzte Bissen längst ihren Magen erreicht hat.

»Ich durfte nicht mehr nach Hause. Diese Frau hat mich in ein Kinderheim eingeliefert. Ich erinnere mich an kaum etwas, weil ich andauernd weinte. Nach einigen Tagen, ich weiß nicht wie vielen, wurde ich in ein Mädcheninternat im Taunus gebracht. Sie sagten, meine Eltern hätten Geld angelegt und das so geplant, für den Fall ...«

Auch Brunos Besteck ruht auf dem halbvollen Teller. Er rückt mit seinem Stuhl neben Karasi, legt den Arm um sie.

»Ich fühlte mich so allein dort. Mama und Papa waren nicht mehr da, Petra und Gaby weit weg. Selbst unsere Nachbarn und die Schule vermisste ich. Mit der Zeit wurde es jedoch besser. Manchmal musste ich sogar lachen – und hatte dann ein schlechtes Gewissen. Die Deutschlehrerin Frau Singer half mir sehr. Ohne dass ich gefragt hätte, erzählte sie von einem eigenen Verlust. So wurde mir klar, dass diese Gefühle normal sind. Trotzdem tat es unendlich weh, also verdrängte ich jegliche Gedanken an meine Eltern.«

Karasi legt das Brot aus der Hand, putzt sich die Nase, atmet tief ein und wieder aus. Nun ist es heraus. Sie lehnt ihren Kopf an Brunos Schulter, hält einen kurzen Moment inne. Alles ist noch wie zuvor, nur sie selbst fühlt sich ein klein wenig leichter.

»Die Zeit im Internat verging wie im Flug. Mit den meisten Mädchen kam ich gut aus. Neun Jahre später, 1985, machte ich das Abitur. Das Hirn vollgestopft mit Wissen, hatte ich von der Welt da draußen keine Ahnung. Deshalb beschloss ich, für ein Jahr nach Kalifornien zu gehen, auch um meine Englischkenntnisse zu verbessern. Es war fantastisch, so ... weit. Ich fühlte mich nicht beengt, konnte frei atmen.«

Sie lächelt bei der Erinnerung an dieses Gefühl, das noch heute Sehnsucht in ihr auslöst.

»Das College war aufregend, besonders wegen der Koedukation. Bis dahin hatte ich kaum Umgang mit Jungen. Ich kam mir tollpatschig vor, speziell Taylor gegenüber. Er gefiel mir, so selbstsicher und von seinem Platz in der Welt überzeugt. Ich konnte erst gar nicht glauben, dass er sich für mich interessierte. Kurze Zeit später gingen wir miteinander. Von da an lebte ich in ständiger Verwirrung. Ich verstand ihn selten, durchblickte nie vollkommen, was er meinte oder wollte. Als er sagte, er liebe mich, sagte ich es auch. Ich wusste mir nicht anders zu helfen.«

Karasi schaut Bruno an, hofft, dass er nun versteht, warum es zwei Jahre dauerte, bis sie die magischen Worte zu ihm gesagt hat. Dass es da erst das zweite Mal überhaupt geschah, würde sie ihm sicher irgendwann erzählen. Wichtig ist nur, dass sie jetzt weiß, was sie ausdrücken möchte, wenn sie es sagt.

»Außerdem wusste ich damals gar nicht was Liebe zu einem Jungen bedeutet. Taylor wusste es allerdings genau:

Liebende haben Sex. Ich ließ mich überreden und war total enttäuscht von meinem *ersten Mal*. Das also war es, wovon alle ständig sprachen? Auch die nächsten Male verliefen zu schnell, zu grob ... Dann blieb meine Menstruationsblutung aus. Obwohl wir Kondome benutzt hatten, war ich schwanger. Taylor interessierte das nicht, er ging inzwischen mit einer anderen. Einen Monat früher als geplant, flog ich nach Deutschland zurück und ließ einen Abbruch vornehmen.«

Zum Glück gab es damals bereits die soziale Indikation: Eine Abtreibung bleibt rechtswidrig, wird aber nicht strafrechtlich verfolgt, wenn die Frau wenig Geld hat. Was für ein irrsinniges Gesetz. Als ob sie sich aufgrund der Entscheidung nicht schon schlecht genug gefühlt hätte.

Es tut gut, dass Bruno sie einfach nur fest hält.

»Meine Tochter würde jetzt Anfang April 28 Jahre alt«, sagt Karasi tonlos.

Dann schweigt sie, hört auf das Tick-Tack der Uhr, das Säuseln des Windes. Ihre Augen huschen ruhelos durchs Zimmer, wandern über Blümchenvorhänge, Trockenblumen, Nippesfiguren und finden endlich Halt in Brunos warmem Blick.

Ich und wir

Rosa sieht Karasi schon von weitem in ihrer lila Hose, der orangefarbenen Jacke und den im Licht rötlich schimmernden Haaren, die sie heute offen trägt. Sie selbst kommt sich so unscheinbar vor in ihrem üblichen Outfit, Jeans mit Sweatshirt.

Freudig läuft sie dem Farbenspiel entgegen. »Hallo.«

Karasi schließt sie behutsam in die Arme. »Hallo, Rosa. Komm, wir gehen ein Stück. Der Schwesternpark ist wirklich schön.«

»Ja, gut.«

Nebeneinander spazieren sie los. »Erzählst du mir jetzt alles von dir?«

»Alles sicher nicht, aber ein wenig«, lacht Karasi. »Also, ich wurde hier in Witten geboren, lebe jedoch seit ein paar Jahren in Albanien am Meer. Wir wohnen dort in einem kleinen Haus und bauen Gemüse und Heilkräuter im Garten an.«

»Wer ist *wir*?«

»Dir entgeht auch nichts. *Wir* sind Bruno und ich.«

Die Wolkendecke bricht auf. Sonnenflecken tanzen auf dem von Bäumen gesäumten Weg.

»Ist er dein Freund?«

»Ja, wir lieben uns.«

»Woher wusstest du, dass er der Richtige ist?«

»Hmmm ...«, überlegt Karasi.

Sie durchqueren die Kiefernhöhe. Dahinter leuchten ihnen von weitem die Rosatöne der bald aufbrechenden Azaleenknospen entgegen.

»Wir sind irgendwie von Anfang an gleich geschwungen, wie die Saiten einer Gitarre, die in Resonanz miteinander sind.«

Rosa betrachtet die Blumen der Wiesenmulde, deren Namen sie nicht kennt. Ob auch sie eine Gitarrensaite ist? Mit wem schwingt sie? Möglicherweise mit Paul? Karasi holt sie aus ihren Überlegungen, als sie weiter spricht: »Diese Resonanz gibt es nicht nur mit Menschen. Stell dir vor deine Freundin hat plötzlich einen Golden Retriever. Fortan siehst du auf der Straße viel mehr Hunde, besonders diese Rasse. Ganz einfach ausgedrückt, nehmen wir nur wahr, womit wir gleich schwingen. Deshalb passieren dir auch, wenn du positiv gestimmt bist eher positive Sachen.«

Sie treten aus dem Schatten der Bäume in die wärmende Sonne. Beide Frauen ziehen ihre Jacken aus und binden sie sich um die Taille.

Rosa und Karasi sehen einander an, schauen auf die Jacke der jeweils anderen, die um deren Hüften baumelt und brechen in helles Gelächter aus.

»Wir schwingen zusammen«, japst Rosa, als ihr Lachen verebbt.

»Ja, deshalb musstest du praktisch über mich stolpern.«

»Jetzt verstehe ich, warum du mir bekannt vorkamst«, überlegt Rosa. »Also muss ich nur immer mit toller Laune unterwegs sein? Dann ist alles gut?«, fragt sie hoffnungsvoll. Karasi bleibt stehen und wendet sich ihr zu. »Nein Süße, so funktioniert die Welt nicht. Das Negative gehört auch dazu. Aber wenn du festgestellt hast, was du tun möchtest, wirst du einen passenden Ausbildungsplatz für dich finden.«

»Wie? Weil ich durch das Wissen positiv die Bewerbung schreibe und optimistisch zum Vorstellungsgespräch gehe?«

»Ich glaube, dass es viel weiter geht. Dadurch das du den Wunsch verspürst, etwas Bestimmtes zu lernen, wird diese Information in dem Feld, dem du angehörst, verbreitet.«

»Hä?«

Langsam setzen sie ihren Spaziergang fort.

»Wissenschaftler haben die Theorie aufgestellt, dass jeder von uns einem Feld angehört. Am stärksten ist die Verbindung in der Familie, zu Freunden, Bekannten, danach zur Stadt, zum Land und letztendlich sind wir mit allem verbunden.«

Das findet Rosa nun wirklich seltsam. Sie weiß gar nicht, ob sie mit allem verbunden sein möchte. Zu *allem* würde auch der blöde Kevin aus ihrer Klasse gehören.

Erneut reißt Karasi sie aus ihren Gedanken. »Kennst du das? Du denkst intensiv an eine Freundin und beschließt sie anzurufen. Als du das Telefon nimmst, klingelt es. Sie ist dran.«

»Ja, mit Lena passiert das manchmal. Sie sagt dann, dass sie schon den ganzen Tag an mich gedacht hätte. Wie geht das?«

»Wie gesagt, es werden Felder vermutet, an deren Informationen jeder teilhat. Aber es gibt natürlich ebenso Wissenschaftler, die das für Quatsch halten.«

»Hat das auch was mit diesem Familiendings zu tun, wo man fremde Leute als Verwandte hinstellt, bis alle am richtigen Platz sind?«

»Familienstellen. Ich habe davon gelesen. Das ist das gleiche Prinzip. Woher kennst du so was?«

»Mama hat das erzählt.«

Ihre Mutter beschäftigt sich mit allerlei merkwürdigen Sachen. Rosa muss sich eingestehen, dass sie ihr bisher nicht wirklich zugehört hat, wenn sie darüber sprach.

»Du hast eine interessante Mutter«, bemerkt Karasi, bückt sich, pflückt ein Blatt ab und riecht daran.

»Sie will dich kennenlernen. Magst du übermorgen zum Osterfeuer mitkommen? Mein Bruder wird auch dabei sein.«

»Sehr gerne. Ist das immer noch am Sportplatz vom

Turnverein?«

Rosa nickt.

»Was schaust du eigentlich andauernd nach den Blumen?«

»Hier riech' mal«, fordert Karasi sie auf und hält ihr das Blatt unter die Nase.

»Oh, das erinnert mich an Lakritz ... oder an Minze? Ich weiß nicht genau.«

»Dieses lila Kraut ist Gundermann, eine Pflanze zum Würzen. Sie enthält viel Vitamin C. Gunder ist ein altes Wort für Eiter. Die Menschen wussten schon früh, dass der Blattsaft gegen Entzündungen hilft.«

Karasi zeigt ein Stück weiter entfernt auf eine Gruppe gelber Blüten. »Das ist Huflattich. Die Blätter wachsen erst in den nächsten Wochen, bis sie handtellergroß sind. Daraus lässt sich ein guter Hustensaft machen.«

»Das ist ja spannend. Weißt du noch mehr so Sachen?«, fragt Rosa neugierig.

»Ja, ein bisschen mehr weiß ich noch. Dann lass uns weitergehen und schauen, was wir entdecken.«

Rosa ist fasziniert. Das normale Pflanzen solche Eigenschaften haben, hatte ihr bisher niemand gesagt.

Intermezzo

»Guten Morgen, Drita ime«, seufzt Karasi und kuschelt sich in Brunos Arm.

»Guten Morgen, Bukurie«, flüstert er zärtlich.

»Das war schön gestern Abend«, raunt sie. Als Antwort bekommt sie einen Kuss. Dann hebt Bruno die Bettdecke an, um genüsslich zu schnuppern.

»Es riecht nach uns, nach Sinnesfreuden, nach Liebe«, sinniert er.

Karasi schmiegt sich kichernd enger an ihn.

»Du weißt, dass wir uns heute ausruhen müssen?«, fragt sie noch immer schlaftrunken.

»Wieso?«

»Es ist Karfreitag. Da dürfen wir nicht arbeiten. Bei der Überwachung durch die Nachbarn, möchte ich keinen Ärger riskieren.«

»Auch gut, dann bleiben wir eben erst einmal, wo wir sind«, beschließt Bruno gähnend.

Versonnen malt Karasi mit dem Finger Kringel auf Brunos Haut. Doch eine Viertelstunde später wird sie unruhig, ihr Rücken schmerzt und ihr linker Arm ist einge-schlafen.

»Tut mir leid, ich kann nicht mehr liegen, Bruno. Mir tut alles weh. Ich vermisse unser Bett zu Hause.«

»Schon gut. Ich bin sowieso hungrig.«

Also stehen sie auf, machen sich sowie ihr vorübergehendes Zuhause für den Tag bereit.

Beim Frühstück erzählt Bruno von seinen Wegen und Irrwegen durch Witten: »Ich verfüge doch sonst über eine gute Orientierung, aber gestern wusste ich den Rückweg nicht. Für große Umwege war ich inzwischen zu müde, deshalb habe ich mich nach Hilfe umgesehen.«

Bruno lacht. »Erst war weit und breit kein Mensch zu finden. Dann tauchte ein alter Mann auf. Auf meine Frage ließ er einen Redeschwall los, von dem ich kaum ein Wort begriff. Ich muss so verwirrt geschaut haben, dass er es erneut versuchte. Ich konnte sehen, wie viel Mühe er sich gab. Leider verstand ich immer noch nicht viel mehr. Da zeigte er wortlos in die richtige Richtung. Die Situation war irgendwie unangenehm und lustig zugleich.«

Karasi lacht und verschluckt sich beinahe an dem letzten Bissen. Sie kann sich die Begebenheit lebhaft vorstellen. »Sicher klang es wie die Frau, die mich gestern angesprochen hat.«

»Ja, genau. Dieses Ruhrdeutsch. Gestern? War das wirklich erst gestern?«

»Ich bin genauso durcheinander. Es passiert so unheimlich viel. Aber, ja, es war gestern. Wir sind zusammen ins Rathaus gegangen und ich habe dir etwas von mir erzählt. Weil die Situation so war, wie sie war und ich noch die Verabredung mit Rosa hatte ... Jedenfalls möchte ich dir gerne den Rest erzählen.«

»Natürlich Ricchezza, wir haben alle Zeit der Welt. Ich höre dir zu.« Bruno rückt näher, greift nach seiner Kaffeetasse und schaut Karasi aufmunternd an.

»Zurück aus den USA studierte ich Kommunikationswissenschaften in Köln. Ich interessierte mich nur für den Lernstoff. Die Kommilitonen haben viel gefeiert. Manchmal lud mich ein Junge ein mitzugehen. Aber ich wollte nicht, wollte nicht ein weiteres Mal verletzt werden. Jedenfalls sehe ich das inzwischen in der Rückschau so. Damals hätte ich gesagt, dass ich einen guten Abschluss will, um einen Job zu bekommen. Wie auch immer, mein Gebet war die Lasswell-Formel. Ich kann sie noch heute aufsagen.«

Ohne ihr Zutun wandern ihre Pupillen kurz nach oben, als würde sie zur Decke schauen. »*Wer sagt was, auf welchem Weg, zu wem, mit welchem Effekt?* Nachmittags hatte ich einen Job: Ich digitalisierte Dokumente. Das hielten damals viele für totalen Blödsinn. Was die wohl mittlerweile sagen? Von meinem Verdienst kaufte ich mir einen alten Defender. Damit bin ich raus aus der Stadt gefahren, so oft ich konnte. Ich erkundete das *Bergische Land* und die *Eifel*, bin gewandert und schlief im Auto, wenn die Temperaturen es zuließen.«

Die Erinnerung zeichnet ein Lächeln in ihr Gesicht.

»Ohne die üblichen Ablenkungen machte ich einen ausgezeichneten Abschluss und bekam direkt die Stelle bei einer renommierten Werbeagentur in Berlin. Meine ganze Energie floss in die Arbeit. Am Anfang war es wie ein Rausch. Ich konnte das Gelernte einsetzen, zog große Aufträge an Land und stieg in der Firmenhierarchie auf. Mit der Zeit wurde jedoch alles Routine. Wahrscheinlich versuchte ich das auszugleichen, indem ich an die entlegensten Orte reiste.«

Karasi hält inne. Es fühlt sich an, als würde sie aus einem Buch erzählen, die Geschichte einer Frau, mit der sie mitfühlen kann, aber nicht ihre eigene.

Bruno räuspert sich. »Bist du denn keinem tollen Mann begegnet?«

»Doch, natürlich. Trotzdem hatte ich nie feste Beziehungen, sondern nur Affären, meist mit verheirateten Männern ...«

»So viel Angst?« Brunos Stimme klingt rau vor Mitgefühl.

»Damals konnte ich das nicht so sehen. Vielleicht habe ich auch immer nur auf dich gewartet. Du hast dir ja nun wirklich Zeit gelassen.«

Karasi lacht und selbst in ihren Ohren wirkt es unecht. Ihr war wirklich nicht bewusst gewesen, wie einsam sie war. Das jetzt nachträglich zu fühlen ist einfach zu viel.

Also legt sie ihre Hand auf Brunos Bein und erzählt weiter: »Den alten Landrover ersetzte ich zweimal durch ein aktuelles Modell. Jedes Mal ließ ich die Rücksitze ausbauen, um Platz für Flipchart, Tauchausrüstung sowie Schlaflager zu haben. Die Mauer war gerade gefallen und ich erkundete die neuen Bundesländer. Die Möglichkeit in jegliches Gelände touren und überall übernachten zu können blieb mir weiterhin sehr wichtig. Mein Fitzelchen Freiheit.«

»Ich liebe deinen Defender auch«, gesteht Bruno.

»Den, den du jetzt kennst, kaufte ich 2007, weil der Td 4 dann die Euro-4-Norm für die grüne Plakette erfüllte. Ohne die hätte ich nicht mehr in Berlins City fahren dürfen.«

»Gibt es ihn ab Werk in Türkis?«, fragt Bruno zweifelnd.

Karasi grinst: »Nein, ich ließ ihn jedoch direkt so lackieren. Ich mag diese Farbe schon immer, aber ehrlich gesagt war ein weiterer Grund das ständige Gerede von einem repräsentativen Fahrzeug. Da ich während der Wartezeit nur von *dem neuen Auto* sprach, dass ich bestellt hatte, dachten wahrscheinlich alle, ich sei endlich vernünftig geworden. Du hättest die schockierten Gesichter sehen sollen, als ich mit meinem Neuen vorfuhr.«

Heute kommt ihr das ein bisschen kindisch vor, aber komisch findet sie es immer noch. So lacht sie mit Bruno gemeinsam.

»Und wie kam es dazu, dass du Deutschland verlassen hast?«

»Inzwischen war ich fast 20 Jahre bei CALIS & KLEIN. Ich sollte endlich Partnerin werden. Darauf hatte ich jahrelang hingearbeitet, denn neben der Dauer der Zugehörigkeit spielt vor allem das erwirtschaftete Auftragsvolumen eine Rolle. Ich glaubte tatsächlich, damit am Ziel meiner Wünsche zu sein.«

Karasi nickt versonnen. »Ein paar Wochen vor dem großen Tag wurde ich krank. Erst dachte ich mir nichts dabei, hielt es für einen einfachen Infekt. Aber ich bekam immer wieder Fieberschübe, die mich ans Bett fesselten. Eine eindeutige Ursache konnte kein Arzt finden. Sofern möglich ging ich in die Agentur, versuchte mein Bestes zu geben. Nach jedem Anfall kam es zu seltsamen Vorfällen. An das erste Mal erinnere ich mich noch genau: Meine Assistentin berührte mit ihrer Hand meinen Arm und ich wusste, fühlte, sah ... was los war. Ihr Freund hatte sie am Vorabend in ein schickes Restaurant eingeladen, statt des erhofften Heiratsantrags bekam sie den Laufpass. Es war, als wäre ich dabei gewesen, wie sie die halbe Nacht hindurch geweint und sich am Morgen mit viel Mühe hergerichtet hatte. Ich gab ihr dann eine einfache Aufgabe und versuchte mich selbst von dem Schock zu erholen, mir einzureden es sei gar nichts passiert.«

Mechanisch greift Karasi ihre Tasse. Sie ist leer. »Schon am darauffolgenden Tag gab es einen weiteren Vorfall. Ich stieß mit einem Kollegen zusammen. Er war sehr in Sorge um seinen leukämiekranken Sohn, der am Vortag erneut ins Krankenhaus gekommen war. Ich wusste nicht einmal, dass er Kinder hat.« Sie seufzt.

»Dann kann der nächste Schub, ich fiel wieder einen Tag aus und erlebte danach etwas Ähnliches. Mit der Zeit geschah es immer häufiger, auch ohne Körperkontakt, sofern der Mensch neben mir innerlich laut genug schrie.«

Karasi schüttelt sich, als wolle sie die Erinnerung an die Vorfälle abwerfen.

»Irgendwann hielt ich es unter keinen Umständen mehr aus. Die Not der anderen machte mir zu schaffen. Noch schwerer wog, dass ich nicht länger vor mir selbst verbergen konnte, dass ich genauso litt. Ich lud alles Nötige in den Defender und fuhr los, ohne Urlaub, ohne Plan.«

»Ich bin froh, dass du das getan hast. Zum einen, weil wir uns dadurch begegnet sind, aber vor allem einfach so – für dich.«

»Und ich erst, Dashur«, flüstert Karasi.

»Wie ist das heute? Siehst und fühlst du noch immer so viel von anderen?«

»Meistens kann ich es steuern, kann entscheiden, wann ich, wie viel mitbekommen möchte. Der offene Umgang in Albanien hat mir gutgetan. Ich erinnere mich an eine Begebenheit kurz nach meiner Ankunft: Eine Bedienung im Café sprach ein wenig englisch. Ich fragte sie, wie es ihr geht ... Schlecht, antwortete sie. Für genauere Informationen reichte es nicht. Ich war geschockt, schließlich ist die Standardantwort *gut*, zumindest zu Fremden. Aber es half mir zu lernen.«

»Stimmt, auch ich spüre die verändernde, ja beinahe therapeutische Wirkung Albaniens. Die Landschaft und die Menschen. Meine Bilder spiegeln das wider. Sie sind leuchtender, irgendwie hoffnungsvoll. Das findet Ruben, mein Galerist, ebenfalls. Leider verkaufen sie sich seitdem weniger gut.«

Bruno zieht ein übertrieben deprimiertes Gesicht.

»Wahrscheinlich bevorzugen Leute mit Geld einen verstörenden Hieronymus Bosch an der Wand, statt eines lebensbejahenden Kunstwerkes von dir. Ich liebe deine Werke, besonders die jüngeren.«

»Möchtest du eins kaufen?«

Sie lachen zusammen und plaudern eine Weile, bis Karasi einfällt: »Ich wollte noch was erzählen.«

»Was denn?«

»Der Mann mit den Dreads lief im Park umher.«

»Babyface?«

»Ja. Er kam einen Seitenweg entlang und ist dann in die andere Richtung abgebogen.«

»Bist du dir sicher? Es gibt womöglich mehr Männer mit blonden Dreadlocks hier.«

»Ich weiß, aber es hat mich beunruhigt.«

»Also, solltest du ihn noch einmal sehen, knöpfe ich ihn mir vor«, verspricht Bruno, wobei er eine Geste macht, als packe er jemanden am Kragen.

»Danke, Dashur«, lacht Karasi.

»Wie blöd, dass ich gerade jetzt zu meiner Familie fahre.«
»Ich bin ja gar nicht sicher, ob er es war. Selbst wenn, wird er mir kaum auf offener Straße etwas antun. Außerdem kann ich mich wehren«, versichert sie rasch, obwohl sie weiterhin beunruhigt ist. Was es konkret ist, was sie an dem Mann stört, kriegt sie nicht zu fassen.

»Wann fährst du denn genau?«, lenkt sie das Gespräch von sich ab.

»In drei Tagen. Am Ostermontag, früh morgens. Dann werde ich mit der Familie essen. Meine Neffen freuen sich wie verrückt auf ihren Onkel«, schmunzelt er.

»Ich würde dich gern in dieser Rolle erleben.« Sie sieht ihn forschend an. »Andererseits käme es mir falsch vor zwischendurch wegzufahren, auch wegen Frau Langes Garten.«

»Ich erledige mehrheitlich organisatorische Dinge.« Bruno zeigt einen geschäftsmäßigen Gesichtsausdruck, von dem sie weiß, dass er nicht seiner Natur entspricht. »Vielleicht können wir einen Umweg über Holland machen, wenn wir zurückfahren. Dann kannst du alle kennenlernen.«

»Das wäre schön!«

Ein leises *Tock! Tock!* am Fenster erregt ihre Aufmerksamkeit. Auf dem Fensterbrett sitzt ein Vogel, der Insekten aus einem Spinnennetz pickt, das dicht vor der Scheibe gewebt wurde. Bei jedem Picken berührt sein Schnabel das Glas. Tock! Tock!

»Was willst du wegen *deiner* Verwandten unternehmen?«, fragt Bruno vorsichtig.

»Ich habe beschlossen zu vertrauen«, antwortet Karasi.

Bruno nickt nachdenklich.

»Irgendetwas wird passieren, dann weiß ich bestimmt, was der nächste Schritt ist.« Vollkommen überzeugt ist Karasi selbst nicht von diesem Plan, aber etwas Besseres fällt ihr im Moment nicht ein. Umso mehr freut sie sich, dass sie ihr *rosa Mädchen* gefunden hat.

»Mir ist noch was in den Sinn gekommen ...«

Bruno zögert, bevor er weiter spricht: »Deine Eltern hatten den Aufenthalt im Internat für dich geplant. Ich finde das ungewöhnlich. Die wenigsten Menschen denken in solch jungem Alter an ihren Tod. Selbst wenn sie daran denken, treffen sie keine weitreichende Vorsorge.«

»Hmm, ja. Darüber habe ich auch schon gegrübelt, jedoch ohne Ergebnis«, murmelt Karasi.

»Meinst du, sie ahnten etwas?«, hakt er nach.

»Es war ein Autounfall. Wie soll man den denn ahnen?«

»Gioia, du ahnst ebenfalls Sachen, die nicht logisch zu erklären sind.«

»Tut mir leid.« Karasi schluckt. »Das klingt nur so schrecklich.«

Tränen rinnen ihr übers Gesicht. Sollten ihre Eltern tatsächlich befürchtet haben, bald zu sterben? Sie kann nur vage nachempfinden, wie sich das anfühlt, noch dazu, wenn man ein Kind zurücklassen muss. Aber es bleiben alles Vermutungen.

»Möglicherweise sind sie nur von einem Anlageberater beschwatzt worden«, mutmaßt sie schniefend.

Bruno legt den Arm um Karasi.

Langsam wird sie ruhiger und hört auf zu weinen.

Ein Aufenthalt im Internat für die eigenen Waisen gehört keinesfalls zum Paket eines Anlageberaters. Immerhin könnte es eine Erklärung für die finanzielle Vorsorge sein. Vielleicht wird sie nie erfahren, was ihre Eltern bewogen hatte so zu handeln. Vielleicht wird sie nie irgendetwas erfahren, dass sie nicht schon weiß. Vielleicht ...

Aber dann hat sie es wenigstens versucht, hat alles getan, was ihr möglich war.

»So, jetzt möchte ich deine Fotos sehen«, bittet Karasi, um die Überlegungen für einige Zeit zu unterbrechen.

»Die sind noch auf der Kamerakarte.«

»Ich würde sie gern mit dir zusammen anschauen. Kannst du sie aufs Notebook überspielen? Derweil räume ich alles weg«, schlägt Karasi vor, erhebt sich und greift nach dem Brotkorb.

»Mach ich, Snoepje, mach ich«, willigt Bruno mit sanfter Stimme ein. »Ich habe übrigens auch ein paar Bilder vom Garten geschossen. Wenn du magst, lasse ich dir die Speicherkarte da. Bestimmt freut sich Frau Lange über Abzüge, damit sie sieht, was wir hier so treiben.«

»Was für eine schöne Idee. Ich wollte sie sowieso besuchen. Du bist toll!«, ruft Karasi begeistert und unterstreicht ihre Aussage, in dem sie den Korb noch einmal abstellt und Bruno innig küsst.

Aber-Glaube

»Jetzt reiß dich von deinem Computer los, Vincent«, mahnt Virginia.

Rosa steht seit fünf Minuten wartend im Flur. Sie weiß genau, dass sie hier von beiden gesehen werden kann, als lebende Mahnung zur Eile. Sie hingegen hat einen Überblick, was in jedem Zimmer vor sich geht. Soeben sieht sie, wie ihre Mutter ihrem Bruder durch die ewig strubbeligen Haare wuschelt. »Mama!«, faucht er, wendet sein Gesicht jedoch vom Bildschirm ab. Als wäre damit ein unsichtbares Band durchtrennt, schlüpft er in die Turnschuhe.

Rosa tritt ungeduldig von einem Bein aufs andere. Manchmal scheint es, als würde sie ihre ganze Lebenszeit mit Warten verbringen. Sie wartet auf die Rückgabe einer korrigierten Arbeit, die nächsten Ferien, die Zusage zu einer Lehrstelle und dass das Leben beginnt. Jetzt wartet sie auf Mama, die ein letztes Mal ins Bad gelaufen ist.

Dann stehen alle drei im winzigen Flur und bekämen wahrscheinlich Beklemmungen, stünde nicht vier der sechs abgehenden Türen offen. Zwischen den Türrahmen ist kaum Mauerwerk, sodass die Garderobe an der Eingangstür befestigt wurde. Von dort schnappt sich jeder eine Jacke und sie brechen endlich auf.

Um 19:30 Uhr wird das Feuer entzündet. Rosa will unbedingt vorher da sein, will einen Platz in der ersten Reihe und sehen, wie die Scheite in Brand gesteckt werden.

Dieses Osterfeuer wird sie zudem mit Karasi erleben. Ob sie Bruno mitbringt? Rosa möchte ihn gerne kennenlernen. Es klingt nett, wenn Karasi von ihm spricht. Ob sie selbst auch einmal solch eine Beziehung führen wird? Vielleicht sogar mit Paul? Den hat sie schon wochenlang nicht gesehen.

Wüsste sie, wo er an den Wochenenden ist, könnte sie die gleichen Orte aufsuchen. Sie hat jedoch keine Ahnung.

Allein der Gedanke an Paul lässt Rosas Herz heftiger schlagen, als wolle es aus ihrer Brust springen und sich auf die Suche nach ihm machen.

Rosa erreicht die Kreuzung Sonnenschein Ecke Gregor-Boeker-Straße, an der es von Menschen wimmelt. Ein leuchtendes Orange zieht ihren Blick an und wirklich, es ist Karasi, die dort mit einem Mann steht.

Schnell läuft Rosa voraus, umarmt Karasi und schaut Bruno an.

»Schön dich jetzt *life und in Farbe* zu sehen, Rosa«, begrüßt der sie scherzhaft. »Ich habe viel von dir gehört. Ich glaube«, er kratzt sich übertrieben am Kopf, wie ein gewisser Stummfilmkomiker, »es war nur Gutes.«

Rosa lacht und überlegt, ob ein Mann mit solch einem stattlichen Brustkorb womöglich mit einem einzigen Atemzug einen Luftballon aufbläst.

Inzwischen sind auch die anderen herangekommen. Rosa, vor Aufregung ganz zappelig, macht alle miteinander bekannt. Das hatte sie extra zu Hause vor dem Spiegel geübt. Aufmerksam beobachtet sie ihre Mutter, die Karasi die Hand gibt. Diese schaut kurz irritiert. Rosa kann sich nicht erklären warum. Es ist ihr wirklich wichtig, dass die beiden sich mögen.

»Hallo Virginia! Ich darf doch Virginia sagen? Ich bin Karasi.«

»Ja. Klar. Hallo«, erwidert Rosas Mutter in für sie untypischer Weise. Klingt ihre Stimme kühl? Rosa ist unsicher.

»Ich hoffe, die Meteorologen irren sich«, fügt Virginia hinzu und betrachtet den wolkenverhangenen Himmel.

Bruno folgt ihrem Blick nickend.

»Hallo, du zukünftiger Quantenphysiker«, begrüßt Karasi nun Vincent, der wie immer im Hintergrund abwartet.

Der sieht sie nur staunend an.

Rosa erinnert sich nicht daran, davon erzählt zu haben, dass ihr Bruder dauernd von Quarks spricht.

»Dein T-Shirt.« Karasi deutet lachend auf den schlaksigen Jungen, dessen Jacke aufsteht.

Auf seinem Shirt zeigt eine Hand aus dem Himmel, ähnlich der Hand Gottes, wie Michelangelo sie in der Sixtinischen Kapelle malte. Aus dem Punkt, den der Finger berührt, leuchten verschiedenfarbige Strahlen in alle Richtungen. Oben am Himmel steht *Higgs!*

Vincent ist offensichtlich verblüfft. »Kennst du dich damit aus?«, fragt er, ohne *Hallo* zu sagen.

»Leider übersteigt das mein Begriffsvermögen. Ich weiß nur, dass die Physiker das Higgs-Boson suchen, beziehungsweise: glauben gefunden zu haben«, gesteht Karasi.

Vincent scheint enttäuscht.

Nachdem auch Bruno die beiden begrüßt hat, gehen sie los in Richtung des gewaltigen Holzstapels am Eingang des Sportvereins. Die kühle Luft riecht nach frisch gesägtem Holz.

Virginia sagt leise zu ihrem Sohn: »Ich dachte, dort wäre das Gottesteilchen dargestellt.«

»Mama, das ist doch dasselbe«, murmelt Vincent gequält.

Karasi mischt sich ein: »Diesen Begriff *Gottesteilchen* gibt es nur in der deutschen Sprache. Ein Verlag wollte ein Buch zu dem Thema besonders gut auf dem Markt platzieren. Dabei schreckten sie auch nicht davor zurück, die Glaubensüberzeugung etlicher Menschen zu verletzen.«

Rosa ist überrascht. »Glaubst du an Gott?«, will sie von Karasi wissen.

»Nicht an den *lieben Gott* der christlichen Kirche. Mir gefällt die Vorstellung, dass Gott gut und böse vereint, genauso wie alle anderen Gegensätze: Tag – Nacht, schön – hässlich und so weiter.«

Die Gruppe schiebt sich durch die herbeiströmenden Besucher.

»Brahman der Erschaffer, Vishnu der Erhalter und Shiva der Zerstörer«, sagt Virginia, scheinbar mehr zu sich selbst.

»Gibt es da ein stabilisierendes Element zu den Gegensätzen?«, fragt Karasi nach.

Virginia wirkt überrascht. »Ja genau. Das ist die Trinität im Hinduismus, bei der Brahma, das oberste Wesen, alles in sich vereint.«

»Ah, Brahma ... Ich sage *Gott*, weil ich damit aufgewachsen bin.« Karasi nickt nachdenklich. »Hinduismus - das klingt interessant.«

Rosa sieht, dass die beiden Frauen einander anlächeln. Ihr wird ganz warm, obwohl das Feuer bisher nicht entzündet ist. Dabei ist sie, wegen des zunehmenden Geräuschpegels unsicher, ob sie jedes Wort richtig verstanden hat. Das Lächeln konnte sie jedoch deutlich erkennen.

»Kevin, komm' ma' bei mich bei!«, ertönt es in diesem Moment besonders laut hinter Rosas Rücken. Sie schaut sich um und erkennt gerade noch, Brunos fragenden Blick sowie Karasis entschuldigendes Schulterzucken. Sie wüsste zu gern, was das bedeutet.

Zusammen finden sie einen Platz mitten unter vielen anderen Menschen am Rande des Holzhaufens.

»Hier ist es toll!«, frohlockt Rosa. Rechts neben ihr stehen Karasi und Bruno, auf der linken Seite ihre Mutter und ihr Bruder.

Ein Mann mit Warnweste steckt eine Fackel zwischen die aufgestapelten Äste. Der Stoß brennt im Nu lichterloh.

Das Feuer prasselt. Die Zweige knacken in der Hitze. Rauch steigt auf und wird vom Wind beiseite gedrückt sodass ein Herr mit Hut, der besonders weit vorn steht, hustend den Rückzug antritt.

Rosa schaut den davonfliegenden Funken nach, die sie in der zunehmenden Dunkelheit lange ausmachen kann.

Sie seufzt und blickt erneut in die Flammen, die in rot, gelb und orange einen wilden Tanz vollführen.

Dieses Ritual hat für sie von je her etwas verheißendes. Das Gefühl von Vorfreude und Aufbruch stellt sich wie jedes Jahr zuverlässig ein. Aber diesmal wird es gekrönt durch Karasis Gegenwart. Wieder überlegt sie, warum sie sich dieser im Grunde fremden Frau so verbunden fühlt.

Ein krachender Donner durchbricht ihre Gedanken und schreckt auch alle anderen auf.

Im nächsten Moment fallen dicke Tropfen zu tausenden vom Himmel.

Völlig chaotisch versuchen die Leute zu fliehen. Rosa erwischt die Hand ihrer Mutter, die außerdem Vincent festhält. Zu dritt, dicht beieinander, wird sie hoffentlich niemand umrennen.

Oh, nein. So hatte Rosa sich das nicht vorgestellt. Wo ist Karasi? Sie wirft einen Blick über ihre Schulter, schaut zurück und ringsherum, kann sie jedoch nirgends entdecken. Schade! Sie konnte sich nicht einmal verabschieden. »Tschüss, Karasi. Bis Dienstag«, flüstert Rosa hinaus in den Regen.

Auf dem Heimweg zieht Karasi Bruno unter eine Laterne. »Was ist denn? Glaubst du, die schützt uns?«, fragt er verständnislos auf die Lampe zeigend.

»Bis wir in der Laube ankommen, sind wir sowieso total durchgeweicht. Ich will jetzt wissen, was auf dem Zettel steht.«

Aus ihrer Hosentasche angelt Karasi zitternd ein klein geknicktes Stück Papier und entfaltet es.

Nur ein Teil des künstlichen Lichts dringt durch den dichten Regen. Mit aller Konzentration starrt Karasi auf die Buchstaben, die langsam zu verlaufen beginnen.

Montag um 11:00 Uhr im Eiscafé Piacere in der Lutherstraße. Bitte kommen Sie.

Warum will sich Virginia mit ihr treffen? Und warum so? Sie hätte das doch einfach mit ihr besprechen können. Sollte Rosa nichts davon mitbekommen?

»Wer will sich denn mit dir treffen?«, fragt Bruno, der ihr neugierig über die Schulter schaut.

»Den hat mir Virginia bei der Begrüßung zugesteckt«, erklärt Karasi, der das Wasser aus den Haaren tropft.

»Jetzt komm erst mal nach Hause«, drängt Bruno.

Bedarfslenkung

Vor der Tür liegt ein DIN A4 Briefumschlag. Am linken unteren Rand sind, wie zufällig hingemalt, drei grüne Striche. Den wenigsten würden sie auffallen und keine hundert Menschen auf diesem Planeten wissen, was sie bedeuten.

Peter erkennt das derzeitige Zeichen der Organisation sofort. Er öffnet das Sicherheitsschloss der Bürotür, bevor er das Kuvert vom Boden aufhebt. Verärgert wirft es auf den Schreibtisch. Solche Sendungen werden nicht umsonst nur gegen Unterschrift zugestellt. Jetzt liegt diese hier seit Stunden für jedermann zugänglich herum. Wenn jeder seinen Job so schlampig erledigt, bricht bald alles zusammen. Der Kurier wird gefeuert, dafür wird er sorgen. Mit zu viel Stress kann sich da keiner raus reden.

Peter hackt die Telefonnummer in die Tasten, als ihm wieder einfällt, dass heute Sonntag ist. Ostersonntag.

Entnervt gießt er einen Schluck *Glancadam* in ein tulpenförmiges Glas – ungefähr die Menge, die unter Kennern als Dram bezeichnet wird. Ganz genau müssten es 1,77 Gramm sein. Peter fand es schon immer eigentümlich, diese Flüssigkeit in einer Gewichtseinheit zu bemessen. Er trinkt nur selten im Büro, aber heute ist schließlich ein Feiertag. Behutsam schwenkt er das goldgelbe Getränk in dem kurzstieligen Glencairn-Glas. Genüsslich schnuppert er das Aroma von Ananas und Muskat. Er lächelt, als ihm wieder einfällt, dass das Wort aus dem der Name *Whisky* abgeleitet wurde, *Wasser des Lebens* bedeutet. Mit einer kleinen Menge schottischen Quellwassers verdünnt, rinnt der erste Schluck durch Peters Kehle. Seine Vitalität kehrt augenblicklich zurück.

Gestern Abend war es spät geworden und heute Morgen hatten die Kinder ein Riesenspektakel beim Ostereiersuchen gemacht. Dann sprangen sie zu ihm ins Bett, um ihm mit vielen ›Papa, schau doch mal!‹ ihre Geschenke zu zeigen. Seine Überraschung musste er nicht einmal spielen. Er sah das Spielzeug zum ersten Mal. Um solchen Kram kümmert sich seine Frau Linda.

Peter nimmt einen weiteren Schluck.

Nach einem turbulenten Frühstück bei dem die Kinder, den Bauch voll mit Schokoladeneiern, mehr spielten, als aßen, war ihm vorgeblich plötzlich eingefallen, dass er ins Büro muss.

Nun ist Linda sauer. Hätte sie von dem Plan gewusst, wäre sie nur eher sauer gewesen.

Gleich wird er eine Stunde arbeiten und dann zu der Verabredung mit Kitty aufbrechen. Ein wohliger Schauer der Vorfreude durchläuft ihn. Kitty ist nicht nur blutjung und kurvenreich, sondern vor allem völlig tabulos, was seine sexuellen Fantasien betrifft.

Peter schließt die Augen, während er das Glas leert. Einen kurzen Moment gibt er sich vollkommen dem Genuss des Whiskys hin.

Dann öffnet er die Augen wieder und reißt den Umschlag auf. Eine Sammelakte aus brauner Pappe, sowie eine DVD-Hülle mit dem Titel *I won't go quietly* fällt ihm entgegen. Außerdem findet er einige Zeitungsausschnitte wie auch bedruckte DIN A4 Blätter.

Letztere fesseln seine Aufmerksamkeit zuerst. Der Text mit der Überschrift *HIV-Leidende aus der Verunsicherung führen*, informiert Ärzte darüber, dass immer mehr Infizierte eine Behandlung mit dem Chemiecocktail in Frage stellen. Anschließend folgt eine detaillierte Auflistung von Verhaltensweisen und Redewendungen mit denen die Patienten dazu gebracht werden können, die Medikamente zu nehmen.

Die Zeitungsausschnitte sind aus etlichen namhaften Blättern und berichten von einer Veranstaltung zum AIDS-Wahrheits-Tag am 30.11.14 in Berlin. Ein Post-it am oberen Rand informiert ihn über seine Aufgabe. *Dieses Jahr darf das keine Nachricht wert sein.* In den vergangenen Monaten konnte er mehrfach verhindern, dass der Film gezeigt wurde, der dem Wahrheitstag soviel Furore eingebracht hat. Immer gelang ihm das natürlich nicht.

Unter den gegebenen Umständen wird er andere Geschütze auffahren müssen, ohne dabei die eigene Deckung zu verlassen. Die Leute sollen HIV für eine Krankheit halten, die nur mit Medizin in Schach gehalten wird. Wer keine Pillen nimmt, stirbt! Das will er in die Köpfe pflanzen, so fest, dass niemand auch nur über Alternativen nachdenkt.

Wie immer fängt Peter an Worte auf Papier zu schreiben und mit Linien zu verbinden. Teure Medizin – Spenden für Afrika – Forschung finanzieren – es kann jeden treffen – unschuldig – Kinder ...

Ja, natürlich! Erwachsene werden leicht als mitschuldig angesehen, weil sie homosexuell oder promiskuitiv oder beides sind. Niemand würde auf die Idee kommen, einem Kind etwas Ähnliches vorzuwerfen. Er braucht kranke Kinder, die nur der Medikamenten-Cocktail vor AIDS, also dem Tod, bewahrt. Und er braucht ihre Eltern, die in den sozialen Netzen von ihrem Leid berichten.

Wie wird diese Gruppe bisher im Internet wahrgenommen? Das gilt es als Erstes herauszufinden.

Während der Computer hochfährt, schaut Peter aus dem Fenster. Die gläsernen Fronten der gegenüber liegenden Bürotürme glänzen matt im Schein der Frühlingssonne.

Der vertraute Windows-Startton erklingt. Peter öffnet den Internetbrowser und ruft eine Suchmaschine auf. Die Worte *HIV* und *AIDS* bringen 750.000 Treffer in deutscher Sprache.

Kritische Berichte findet er auf den ersten zehn Seiten mit Ergebnissen nicht. Bekanntermaßen schaut niemand weiter, die Mehrheit beschränkt sich nur auf die ersten drei, zumal die errechnete Relevanz der Ergebnisse sinkt.

Ergänzt er das Suchfeld um das Wort *Kinder*, bekommt er immer noch eine halbe Million Treffer. Dabei geht es jedoch zum großen Teil um Kinder außerhalb Deutschlands. Aus Erfahrung weiß er, dass dieses *weit weg* die Herzen wesentlich weniger anrührt.

Für seinen Plan braucht Peter deutsche Kinder. Kinder die nicht nur infiziert, sondern bereits krank sind. Kinder, die hohlwangig in die Kamera lächeln, gehalten von den Armen ihrer weinenden Eltern. Bei den damit erzeugten Emotionen würde niemand mehr nach Sinn oder Unsinn der Medikamente fragen.

Aber die Bildersuche zeigt ihm kein solches Foto. Dann wird er selbst eine Kinderklinik mit AIDS-Station besuchen müssen. Die Hilfe der Angehörigen ist ihm gewiss, wenn er betont, anderen Kindern dieses Schicksal ersparen zu wollen.

Zufrieden mit dem Plan führt er die übliche Verschleierungsprozedur durch und checkt seine E-Mails. Ole Lau schreibt: *Frau gefundn. Wont in Gartenkolloni hinter Uni. Sie macht nix.*

Dafür soll er den drogenabhängigen Loser mit Stoff versorgen? Nicht einmal fehlerlos schreiben kann der.

Seine Antwort fällt entsprechend deutlich aus: *Wenig Fakten – kleine Lieferung.*

Peter lächelt spöttisch. Er sieht Ole geradezu vor sich, wie er jammert, wenn er das liest.

Genau das macht Süchtige zu besonders geeigneten Spionen für banalere Dinge. Sie brauchen ihren Stoff, sind bereit viel dafür zu tun. Außerdem gehören sie zum Stadtbild, können sich unbemerkt herumdrücken und beobachten.

Derartige Aufträge vergibt Peter, indem er einen Großdealer informiert, in welcher Stadt er jemanden braucht. Über dessen wechselnde Mitarbeiter gelangt die Anfrage daraufhin an die Verkäufer auf der Straße. Diese geben einem geeigneten Kandidaten eine eigens erstellte Mail-Adresse.

Erst dann erfährt der Angeworbene, worum es geht. So viel wie nötig – so wenig wie möglich.

Die Belohnung erhält der Spion gegebenenfalls auf dem gleichen Weg vom Straßendealer.

Als sein Lächeln verebbt, schließt Peter das Programm.

Obwohl er es für sinnvoll hält Feinde gut zu kennen, schaut er sich die CD heute nicht an.

Stattdessen beginnt er in der Akte zu lesen.

Angelegt wurde sie vor weit über hundert Jahren. Die ältesten Seiten sind als Abschriften gekennzeichnet.

Wahrscheinlich war das Papier brüchig geworden. Die neusten Dokumente sind auch bereits vierzig Jahre alt.

An einem Blatt ist ein Foto befestigt. Peter löst die Büroklammer und betrachtet das Bild. Die Frau sieht an ihm vorbei. Sie wurde im Halbprofil abgelichtet. Am unteren Rand steht in verblasster Schrift etwas geschrieben. Er bewegt die Aufnahme leicht hin und her, bis er den Schriftzug erkennen kann. *Emilia Siehlmann vormals Sommer.*

Um sämtliche Seiten zu lesen braucht Peter beinahe eine Stunde.

Als er die Papierbögen sinken lässt, nimmt er erneut die Schwarz-Weiß-Fotografie in die Hand. Emilia ist nicht im herkömmlichen Sinne schön, aber sie hat irgendetwas, dass ihn fesselt. Umso mehr, da er nun ihre Geschichte kennt. Sie hat nie aufgegeben, obwohl mehrmals jemand aus ihrer Familie beseitigt wurde – zuletzt ihre Mutter.

Vermutlich geht das auf das Konto von Schulz.

Vor fast dreißig Jahren hatte sein Vater den Posten angetreten, nachdem Schulz bei einem Verkehrsunfall zu Tode gekommen war. Inzwischen hatte sein Vater zum

Bereich *Überwachung* gewechselt, woraufhin Peter seine Stelle übernahm.

Damals hatte er keine Ahnung, auf was er sich einließ. Ihn interessierte nur, viel Geld zu verdienen, um endlich alles kaufen zu können. Nun, für *alles* reicht es nicht, aber er kommt zurecht.

Peter hat in seiner siebenjährigen Laufbahn bestochen, erpresst und manipuliert, jedoch nie Leute aus dem Weg geräumt oder den Auftrag dazu erteilt.

In seinem, dem medizinischen Bereich, war das auch nie nötig. Natürlich kommen dort ebenfalls Menschen zu Schaden, aber sie haben die Wahl sich zu informieren und eine Entscheidung zu treffen. Wenn sie diese Chance nicht nutzen, sind sie selbst Schuld.

Fasziniert betrachtet er unablässig das Foto. Emilia ist längst tot. Ob ihre Tochter Karola ihr ähnelt? Führt sie ein Leben wie ihre Mutter, die ihre Überzeugungen zur Maxime ihres Handelns erklärt hat? Wie kann sie damit zufrieden sein?

Ärgerlich wirft Peter die Unterlagen auf den Schreibtisch. Er hat keine Lust mehr sich mit so etwas zu beschäftigen. Schnell schafft er Ordnung und verlässt eilig das Büro.

Während er seinen schwarzen Audi Q7 ansteuert, sieht er erneut die Siehlmann vor sich. Allerdings wirkt sie anders, als Emilia auf dem Foto, irgendwie moderner. Sie schaut ihn lächelnd an.

Peter schüttelt den Kopf, um das Bild loszuwerden, wobei er auf die Fernbedienung drückt, um den Wagen zu öffnen. Genaugenommen hat er keine große Lust mehr auf Kitty, aber der Appetit kommt bekanntlich beim Essen.

Vertraute Fremde

»So, ich fahre jetzt!«, sagt Bruno.

Karasi läuft herbei, schließt ihn in die Arme und schmiegt sich an ihn.

Es fällt ihr schwer, ihn gehen zu lassen. Seit sie einander kennen, waren sie nur wenige Male getrennt.

Das Alleinsein wird ihr Raum geben in sich hinein zu horchen, sodass ihre innere Stimme zu einer Erkenntnis reifen kann, bevor sie Bruno davon erzählt. So sehr es ihr sonst hilft, mit ihm über alles zu sprechen, ist jetzt vielleicht der Moment es nicht zu tun, tröstet sie sich.

»Ich bin doch in vier Tagen zurück«, sagt Bruno.

»Ich weiß«, flüstert sie, wohl wissend, dass ihm der Abschied ebenso schwerfällt, wie ihr.

Sie küssen sich zärtlich ein weiteres und ein letztes Mal.

»Ich liebe dich«, raunt Bruno.

»Te dua«, antwortet Karasi auf albanisch und löst sich von ihm.

Weil die Dämmerung eben erst einsetzt, kann sie nur einen Schatten erkennen, der sich von ihr entfernt.

In Shirt und Leggings steht Karasi einen Moment mitten in der Gartenhütte.

Nachher ist sie mit Virginia verabredet. Seit ihrem Aufbruch von zu Hause ist so viel passiert. Sie hat kaum Ruhe gefunden.

Nun ist Zeit und Raum für sie allein. Draußen ist es noch feucht, also rollt sie ihre Decke auf dem Boden der Hütte aus.

Sie beginnt ihre Übungen wie stets im Sitzen. Zuerst atmet sie in einem festgelegten Rhythmus abwechselnd durch ein Nasenloch ein und ganz langsam durch das andere aus.

Anschließend spürt sie sich selbst, weitet dieses Spüren auf ihre Umgebung aus, zieht immer weitere Kreise. Sie ist Teil der Welt und dann die Welt an sich.

Darauf folgen diverse Dehnübungen, die sie aus einem Buch eingeübt hat. Die komplizierten Namen dafür zu lernen, hat sie nie versucht. Wichtig ist ihr nur, dass es ihr guttut. Zum Abschluss liegt sie entspannt am Boden, während sie in Gedanken Licht zu jedem einzelnen Bereich des eigenen Körpers schickt.

Sie reckt sich, steht auf und rollt die Decke zusammen. Das hat ihr gutgetan.

Inzwischen ist die Sonne aufgegangen. Karasi schaut aus dem Fenster und begrüßt den neuen Tag.

Dann macht sie sich frisch, zieht ihre orangene Hose und das grüne Shirt an, in dem sie sich besonders behaglich fühlt. Ihre Haare will sie heute zu einem einzelnen Zopf flechten. Sorgfältig beginnt sie die drei Strähnen umeinander zu winden, doch alles verrutscht. Auch der zweite Versuch misslingt.

Erst dadurch wird ihr bewusst, wie aufgeregt sie ist.

Was Virginia wohl von ihr möchte? Sicher geht es um Rosa. Aber ihr diesen Zettel zuzustecken um sich mit ihr zu verabreden, war wirklich sonderbar.

Karasi kocht noch einmal Tee. Die Blätter der Melisse hatte sie zu Hause gepflückt und getrocknet. Nun werden sie hier ihre Kraft an das heiße Wasser abgeben, wodurch sie in ihrem Inneren für Ausgleich sorgen. Sie schnuppert den leichten Zitronenduft, trinkt in kleinen Schlucken.

Endlich ist es Zeit aufzubrechen.

Als Karasi eintrifft, wartet Virginia schon im *Eiscafé Piacere*. Sie hat einen Fensterplatz gewählt, auf einer der bogenförmigen Bänke mit blauer Polsterung. Auf solchen

Bänken sitzt man sich beinahe gegenüber und gleichzeitig nebeneinander.

Rosa sieht ihrer Mutter ausgesprochen ähnlich, überlegt Karasi. Die gleiche schlanke Figur, wobei Virginia runder, weiblicher wirkt. Ihr lichtblauer taillierter Pulli unterstreicht diesen Eindruck.

»Hallo«, begrüßen sich die Frauen schüchtern, während sich Karasi auf die linke Seite der Polsterbank setzt.

Virginia ergreift zuerst das Wort: »Tut mir leid, dass ich dich quasi herzitiert habe. Ich sorge mich in letzter Zeit um Rosa. Am Mittwoch schwärmte sie extrem begeistert von dir, obwohl sie sonst eher zurückhaltend Fremden gegenüber ist.«

»Das verstehe ich«, lächelt Karasi. »Du hast tolle Kinder, dafür braucht es eine liebevolle Mutter.«

Erstaunt sieht Karasi, dass Virginia errötet.

»Ich meine das ganz ernst«, versucht sie sich zu erklären.

Virginia schluckt. »Ich rechnete mit allem Möglichen, als Rosa erzählte, sie habe eine Frau kennengelernt – aber nicht mit dir.« Sie lacht und Karasi fällt in das Lachen ein.

Die Bedienung, deren blonder Pferdeschwanz bei jeder Bewegung wippt, kommt an ihren Tisch. Sie bestellen Espresso und Cappuccino.

»Rosa hat erwähnt, dass ihr Vater weg ist. Das erklärt doch dein Verhalten. Du bist für sämtliche Dinge allein zuständig. – Wie alt waren die beiden, als er gegangen ist?«

»Rosa war fünf und Vincent vier.« Nach einem Moment setzt sie erklärend hinzu: »Sie sind nur elf Monate auseinander.«

»Oh je«, entfährt es Karasi.

»Da hast du recht. Es geschah natürlich ungeplant, aber ich wollte keinen Schwangerschaftsabbruch. Außerdem hatte ich mir sowieso ein zweites Kind gewünscht.«

Ihr ist anzusehen, dass sie sich an die erste Zeit mit den Babys erinnert. »Inzwischen bin ich zufrieden so, wie es ist.

Wenn die beiden in ihrem Teenager-Hormonchaos stecken, verstehen sie sich zeitweise wenigstens gegenseitig. Erst seit Vincents Hochbegabung festgestellt wurde, ist es schwierig zwischen ihnen. Rosa fühlt sich dumm, da kann ich reden, was ich will. In diesem Jahr interessiert sie nicht einmal das Geburtstagsspiel.«

»Das was?«

Virginia lacht. »Nach Vincents Geburtstag sind die beiden etwa vier Wochen lang gleich alt, bis Rosa Geburtstag hat. Damit zogen sie sich immer spaßeshalber auf.«

Sie bekommen ihre Getränke. Auf den Untertassen liegt ein selbstgebackener Keks. Karasi freut sich, dass zum Espresso ein Glas Wasser serviert wird, wie sie es gewohnt ist.

Die Frauen geben Zucker in ihre Tassen und rühren nachdenklich um.

Die Tür des Cafés öffnet sich. Sogleich erklingen italienische Worte.

»Das sind die Inhaber, Carmela und Francesco Fiore. Sie sind gebürtige Italiener. Womöglich schmeckt das Eis deshalb so besonders lecker hier«, informiert Virginia.

»Dann werde ich es bei Gelegenheit probieren«, überlegt Karasi laut. »Sprichst du italienisch?«

»Leider nicht. Ich kann Kaffee bestellen und weiß, dass *Piacere* Freude, Vergnügen oder auch Genuss bedeutet. Ich finde das Wort passend als Name für dieses Café.«

Zwei Spatzen, die vor dem Fenster um ein Stück Brot balgen, erregen Karasis Aufmerksamkeit, als Virginia sie fragt: »Du hast keine Kinder?«

»Nein ... aber ich wurde einmal schwanger. Ich war noch sehr jung und vollkommen allein. Deshalb entschied ich mich für einen Abbruch.« Die Stunde danach, im Ruheraum, wird sie sicher nie vergessen. Sie hätte alles was sie besaß gegeben, um diesen Moment mit jemanden gemeinsam zu tragen.

»Hast du das je bereut? Oder dir später ein Kind gewünscht?«

»Das klingt bestimmt egoistisch, aber es gab in meinen Leben keinen Platz für Nachwuchs.«

Schon so oft hatte sie solche Fragen beantwortet. Eine Frau, die sich für eine Karriere entscheidet und damit gegen Kinder gilt als eigensüchtig. Vielleicht ist sie das, allerdings ist es doch ebenso selbstbezogen ein Baby zu bekommen, weil man es braucht, sich nur dann vollkommen fühlt. Diese Gründe nannten Mütter für ihre Entscheidung, neben dem Totschlagargument, das jedes Gespräch beendet: Es ist von der Natur so vorgesehen.

Karasi seufzt. Es ist nun einmal so, wie es ist.

»Tut mir leid, ich wollte dir keine Vorwürfe machen. Ich kann mir jedoch ein Leben ohne meine Kinder nicht vorstellen.«

»Das verstehe ich gut. In den letzten Jahren habe ich mich intensiv damit auseinandergesetzt. So wie es jetzt mit Bruno ist, hätte ich gerne ein Baby bekommen. Aber inzwischen ist es zu spät. Ich könnte längst Großmutter sein.«

Virginia schiebt sich einen Löffel Milchschaum in den Mund. Dann fragt sie: »Du warst vollkommen allein, sagst du?«

Karasi rückt ein wenig näher zu Virginia, in die Mitte der Bank und erzählt in knappen Worten ihre Lebensgeschichte. Auch, wie es zu ihrer Entscheidung gegen dieses Leben in ihrem Bauch kam. Sie macht eine Pause, als sie bei ihrer Anstellung in Berlin ankommt.

Virginia hört aufmerksam zu. Ihr Mienenspiel wechselt von mitfühlend über ungläubig und wütend zurück zu mitfühlend, während sie immer wieder an ihrer Tasse nippt.

»Ich wurde in Berlin geboren«, erklärt sie dann.

»Wann bist du denn weggezogen?«

»1992«

»Ich bin im Frühjahr 1989 hingekommen.«

»Stell dir vor, wir wären uns schon damals begegnet«, überlegt Virginia.

»Du hättest mich für eine karrieregeile Ziege gehalten«, lacht Karasi.

»Du mich für eine besserwisserische Öko-Tussy«, fällt Virginia in das Lachen ein. »Wo in Berlin hast du gewohnt und gearbeitet?«, fragt sie neugierig.

»Die Agentur lag, oder liegt vermutlich immer noch, am Savignyplatz. Meine Wohnung befand sich in einem Altbau mit wunderschönen Fenstern, der unmittelbar am Litzenseeufer steht. Ich hatte einen herrlichen Blick auf den See. Allerdings war ich nur selten dort.« Sie hatte ewig nicht an die Wohnung gedacht, die ihr einmal so viel bedeutete.

»Ich bin im Wedding aufgewachsen, direkt an der Mauer. Seitdem die gefallen ist, hat sich eine Menge verändert ...«

»Warst du dabei?«

»Irgendwie schon. Es waren massenhaft Menschen auf den Straßen. Aber mit dreizehn hat mich nur interessiert, dass ich lange an der Kasse anstehen musste, wenn ich einkaufen sollte.«

»Moment mal dreizehn – dann bist du mit sechzehn weggezogen?«

»Ja, ich bekam eine Lehrstelle in *Westdeutschland*. Berlin schien mir immer zu eng. Außerdem wollte ich Abstand zu meinen Eltern. Sie gaben mir sicher, was sie konnten. Trotzdem war es für mich nicht genug oder nicht das richtige ...«

Karasi hat das Gefühl, das Virginia noch etwas hinzufügen wird, deshalb schweigt sie.

»Ich fürchte Rosa und Vincent werden einmal das Gleiche sagen. Ich bin mir, zumindest teilweise, bewusst, wann ich nicht genügt habe. Ich hoffe, dass ich ihnen wenigstens ein bisschen Vertrauen ins Leben mitgeben kann.«

»Deine Tochter ist ein wundervoller Mensch, Virginia. Sie weiß, dass du sie liebst, egal, was sie tut. Vincent kenne ich bisher kaum. Aber ich nehme an, auf ihn trifft das ebenso zu.«

»Hoffentlich hast du Recht.«

Karasi versucht sich vorzustellen, wie es ist Kinder aufzuziehen. Wahrscheinlich möchten alle Eltern gern mehr tun, mehr geben und können es aus den unterschiedlichsten Gründen nicht. Wie Mama und Papa das heute sehen würden? Sie erschreckt ein wenig über ihren eigenen Gedanken, sucht rasch einen anderen.

»Wurdest du eigentlich nach Virginia Woolf benannt?«

Virginia schmunzelt. »Es wäre eine Ehre nach einer der bedeutendsten Autorinnen der klassischen Moderne benannt worden zu sein. In Wirklichkeit schwärmte meine Mutter für die *Waltons*, die in der Serie in Virginia leben, wie du vielleicht weißt.«

Karasi lacht über die Mimik, mit der Virginia ihre Namensherkunft gesteht. »Was machst du beruflich?«, fragt sie darum.

»Ich arbeite als Physiotherapeutin in einer Praxis mit fünf weiteren Angestellten. Mit zwei Kleinkindern suchte ich lange nach einer dreiviertel Stelle. Obwohl die beiden jetzt ohne mich klar kommen, möchte ich die Stundenzahl so belassen. Mein Einkommen reicht aus. Deshalb übe ich seit vier Jahren zusätzlich ein Ehrenamt aus.«

»Was tust du da? *Ehrenamt ausüben* klingt so kryptisch.«

»Ja, ich darf eigentlich nicht drüber sprechen«, erklärt sie. »Das Wort *eigentlich* habe ich bewusst gewählt, weil ich es heute trotzdem tun werde.«

»Wie du möchtest, Virginia. Für mich ist es auch in Ordnung, wenn du es nicht erzählst.«

»Ich möchte ja. Manchmal ist es durchaus belastend über etwas schweigen zu müssen. Der Sinn des Verbotes leuchtet fraglos ein: Allein durch die Umstände eines Problems könnte jemand Rückschlüsse auf den Anrufer ziehen oder weitere Details erfahren. Das ist bei dir unmöglich.«

Sie holt noch einmal tief Luft. »Ich arbeite bei der Telefonseelsorge. Es sind nur ein paar Stunden im Monat. Mehr würde ich auch nicht verkraften können.«

»Wie bist du dazu gekommen?«

»Meine beste Freundin hat vor einigen Jahren Suizid begangen.«

Virginia schaut ins Leere. »Es ging Theresa bereits seit geraumer Zeit schlecht. Ich half, so gut ich konnte. Als sie einen Arzt fand, dem sie vertrauen konnte, war ich sehr erleichtert. Es schien ihr besser zu gehen. Doch der Schein trog. Die durch Medikamente wiedergewonnene Energie nutzte sie, um im Bad, dem kleinsten Raum, ein Holzkohlefeuer zu entzünden. Sie starb an einer Kohlenmonoxidvergiftung.«

Vorsichtig fragt Karasi: »Hast du Schuldgefühle?«

»Nein, aber ich will ein Teil der Lösung sein, Menschen helfen, in einer ähnlichen Situation einen anderen Weg zu gehen.«

»Es ist großartig, dass du so etwas kannst. Ich habe keine Vorstellung, was für Leute dort anrufen und erst recht keine, was ich ihnen sagen könnte.«

Karasi überlegt, ob sie nicht die moralische Verpflichtung hätte anderen behilflich zu sein. Schließlich drängen sich ihr die Nöte fremder Menschen förmlich auf.

»Die Anrufer kommen aus allen Schichten der Bevölkerung. Meist haben sie Probleme, die fast jeder kennt: Liebeskummer, Krankheiten, Stress bei der Arbeit, sich unbeachtet fühlen, Geldsorgen, Kinder mit Schulschwierigkeiten …«

»Welche Fälle gehen dir persönlich nahe?«

»Vor kurzem rief eine vierundzwanzigjährige Frau an. Ihre Mutter und beide Großmütter waren an Brustkrebs verstorben. Sie dachte darüber nach, den vom Arzt angebotenen Gentest durchführen und sich gegebenenfalls beide Brüste amputieren zu lassen.«

Karasi beugt ihren Oberkörper unwillkürlich vor. Teils gespannt auf den Rest der Ereignisse, teils aus dem Bedürfnis, ihre Brust zu schützen. »Was hast du ihr geraten?«, fragt sie atemlos.

»Das fiel mir schwer. Wir werden angehalten unsere persönliche Meinung herauszuhalten und über den geltenden wissenschaftlichen Standard zu informieren, aber ich bin keine Maschine.«

Virginia hält den Löffel angespannt mit beiden Händen. Einen kurzen Augenblick fürchtet Karasi, sie könne ihn verbiegen.

»Da nicht jede Frau Krebs bekommt, deren Test positiv ist, würde ich das Angebot ausschlagen. Das durfte ich natürlich keinesfalls direkt sagen. Ich konnte ihr nur empfehlen nichts zu überstürzen, genau in sich rein zu horchen. Außerdem habe ich angedeutet, dass es inzwischen im Internet Dokumentationen von Ärzten gibt, die eine ganz andere Einstellung zu Krebs vertreten. Damit bin ich schon sehr weit gegangen.«

Anscheinend fällt Virginia in diesem Moment auf, wie sie den Löffel malträtiert. Sie wirft ihn mit leichtem Schwung auf den Tisch.

»Wow, du bist echt mutig.« Karasi findet keine besseren Worte, um ihre Bewunderung auszudrücken.

»Ich weiß nicht, welche Entscheidung ich in einer ähnlichen Situation träfe, aber ich würde zuerst sämtliche Informationen sammeln – die der einen ebenso wie die der anderen Seite.«

Zwei Männer sind ins Café gekommen und unterhalten sich lautstark mit Francesco auf Italienisch. Hier könnte es Bruno gefallen, überlegt Karasi. Es tut gut kurz an ihn zu denken.

Virginia fährt fort: »Erschütternd finde ich ebenso alles im Zusammenhang mit Vergewaltigungen. Sowohl die Frau, als auch deren Angehörige sowie das womöglich dabei gezeugte Kind, haben mein tiefes Mitgefühl.«

»Aber was sagst du denen?«

»Ich höre aktiv zu und vermittle gegebenenfalls an Therapeuten oder was sonst gebraucht wird.« Virginia blickt nachdenklich auf die Tischplatte.

»So, jetzt erzähle ich dir noch die Lieblingsgeschichte meiner Kollegen«, sagt sie dann wieder aufgeräumter. »Ein Ehrenamtlicher ging ans Telefon, schaute sich suchend um und winkte mich sowie eine weitere Kollegin herbei. Nacheinander hielten wir unser Ohr an den Kopfhörer. Keiner verstand die Sprache des Mannes, der äußerst verzweifelt klang. Dann weinte er sogar. Aus einem Impuls heraus schnappte ich mir das Headset. Leise begann ich ein Mantra zu singen. Der Anrufer wurde ruhiger, sagte noch etwas und legte dann auf.«

Karasi hört genau, dass diese Geschichte bereits oft erzählt wurde. Die Wortwahl ist nicht mehr spontan. Trotzdem ist es eine wundervolle Begebenheit.

»Da hattest du eine großartige Eingebung.«

»Kennst du Mantren?«

»Nicht wirklich ... Ich bin recht überstürzt aus Berlin weg, nach Albanien. Ein paar Wochen später fand ich in meinem Auto das Buch einer Mitarbeiterin. Sie hatte es mir wortlos in die Hand gedrückt, als es mir schlecht ging. Jedenfalls las ich darin und fing an die Yogaübungen zu machen. Weil in dem Buch auch was von Mantren stand, hörte ich mir einige im Internet an. Was hast du gesungen?«

Virginia schaut sich um. Die Männer sind vollauf in ihr Gespräch vertieft. Leise erklingt ihre Stimme: »Shuddhosi Buddhosi, Niranjanosi, Samsara Maya, Prariva Chidhosi.«

»Da krieg ich eine Gänsehaut.« Karasi fährt mit den Händen über ihre Arme. »Was bedeutet das?«

»Ungefähr Folgendes: Du bist rein. Du verstehst vollkommen. Du bist unbefleckt. Du bist unberührt von Geburt, Tod und Illusion. Du bist reines Bewusstsein.«

»Oh, wie schön«, entfährt es Karasi.

»Ich bin übrigens Yogalehrerin, deshalb weiß ich auch einiges über Hinduismus und die zugehörigen Götter.«

»Hilft dir das in deinem Job?«

»Ja, aber mehr noch persönlich.«

Nach einem kurzen Moment der Stille in dem sie den letzten Schluck Wasser aus ihrem Glas trinkt, sagt Karasi: »Ich möchte gern etwas fragen ... Kommt es durch deine Arbeit, dass du dich so korrekt ausdrückst?«

Virginia schaut betrübt. »Nein, ich sprach von jeher so. Es tut mir weh, wenn Worte falsch benutzt werden. Einmal rief bei der Telefonseelsorge eine Mutter an und erzählte, ihr Kind höre nicht. Ich dachte natürlich, der Junge sei gehörlos. Erst nach einer größeren Verwirrung stellte sich heraus, dass er ihr nur nicht gehorcht. Sie reagierte verärgert: Was mir einfiele ihren Sohn als taub zu bezeichnen?« Virginia schüttelt den Kopf, als wolle sie die Erinnerung abschütteln. »Ebenso schwerwiegend ist das Gefühl der Isolation, weil ich diese ungenaue Sprache oft missverstehe.«

Spontan schließt Karasi die jüngere Frau in die Arme.

Sofort sieht sie Bilder und erlebt einen Ansturm von Empfindungen. Sie atmet in drei abgehackten Zügen tief ein und dann noch tiefer wieder aus. Ihre Augen sind feucht, als sie auf ihren Platz zurück rückt.

»Was ist passiert?« Virginia schaut sie fragend an.

»Ich habe es gesehen ...«

»Was gesehen?«

»Dich, als kleines Mädchen, zusammengekauert in der Zimmerecke. Auch in der Schule, mit deinem ...«

»Was?«, wird sie unterbrochen. »Wie kannst du so etwas von mir wissen?«, fragt Virginia aufgebracht und weicht zurück.

Das hat Karasi nicht gewollt. Noch immer fällt es ihr schwer vor anderen zu ihrer Intuition, ihren Bildern zu stehen. Keinesfalls hatte sie die Absicht Virginia zu verletzen. »Es tut mir leid. Ich wollte dich auf keinen Fall erschrecken. Das ist der Grund, warum ich Deutschland verließ. Ich hatte vor es dir zu erzählen.«

»Dann erzähl es jetzt!«, fordert Virginia.

Karasi schließt die Augen, um sich kurz zu sammeln, bevor sie beginnt: »CALIS & KLEIN ist eine Full-Service-Werbeagentur. Das heißt, es werden Maßnahmen im TV, in Zeitungen, auf Plakaten sowie im Internet angeboten. Ergänzt wird das Ganze durch die Entwicklung eines Corporate Designs und Ähnlichem. Gleich nach dem Studium begann ich dort zu arbeiten«, startet sie ihren Bericht mit leicht zu erzählenden Tatsachen. »Ich war anfangs nicht besonders ehrgeizig, erkannte jedoch überdurchschnittlich oft die unausgesprochenen Wünsche der Kunden. So hat es mein Chef einmal beschrieben. Erst jetzt in der Rückschau verstehe ich warum.«

Sie zuckt die Achseln. »Im Laufe der Jahre fühlte ich mich ausgelaugt, einfach am Ende. Irgendwann bekam ich zusätzlich Fieberschübe. Meist nur einen Tag lang. Ich machte mir ernsthaft Sorgen. Trotz diverser Untersuchungen konnten mehrere Ärzte nichts finden.«

Karasi überfällt plötzlich die damalige Erschöpfung. Sie sieht durch die Fensterscheibe in den blauen Himmel. Anschließend blickt sie wieder zu Virginia, die sie unverwandt anschaut. »Das Fieber laugte mich aus, aber dann fing ich an zu wissen, was andere denken ... nein, eher was sie fühlen. Berührte ich jemanden, war alles noch intensiver. Ich empfand, was er fühlte und warum. In der Agentur, beim Sport oder im Supermarkt, ständig sprangen mich die heftigen Gefühle irgendwelcher Menschen an.«

Wieder zögert sie, ist froh, dass Virginia ihr zuhört, ohne sie zu unterbrechen.

»Ich litt und wünschte mir nichts mehr als eine Pause. Keine Ahnung, was genau den Ausschlag gab. Planlos brach ich auf Richtung Süden. Erst als ich in Albanien zur Ruhe kam, verstand ich, das dieses *Fühlen* schon immer da war. Nur deshalb hatte ich meinen Job so gut machen können. Ich hatte es anscheinend irgendwie geschafft, nur einen Teil mitzubekommen und den anderen von mir fernzuhalten. Das Fieber kostete mich so viel Kraft, dass ich das nicht länger schaffte ...«

Jetzt ist es heraus. Sie schaut unsicher in das Gesicht ihrer Zuhörerin, froh dort ein mitfühlendes Lächeln zu finden.

»Was wurde aus deinen Sachen in Berlin?«, fragt Virginia sanft nach.

»Meine Eltern hatten einen Notar für die Nachlassverwaltung ausgewählt. Bis zum achtzehnten Geburtstag hat er alles für mich geregelt. Ich übergab danach weiterhin, das was anfiel der Kanzlei, die inzwischen sein Sohn führt. Jedenfalls hat der die nötigen Firmen beauftragt, meinen Kram zu verkaufen. Da Vollmachten dort hinterlegt sind, lief das unkompliziert.«

»Wie ging es weiter? Hast du nichts vermisst?«

»Nein, ich war einfach nur froh zur Ruhe zu kommen. Einige Wochen später lernte ich dann Bruno kennen. Der hatte sich längst gefunden. Bei ihm gab es keine Gefühle, die mich hätten umhauen können, außer seiner Liebe zu mir.«

Karasi lächelt leise. »Bei dir sah ich noch etwas, ein orangenes Glühen. Gibt es seit kurzem einen Mann in deinem Leben?«, fragt sie verschmitzt.

»Natürlich, weißt du das auch«, platzt Virginia heraus.

»Nicht wissen, nur ahnen. Aber es interessiert mich enorm.«

»Na gut«, beginnt Virginia. »Ich hatte vor Weihnachten Dienst in der Seelsorge, als es an der Tür klingelte. Da wir keine persönliche Beratung anbieten, kommt das nie vor. Draußen stand jemand von der Kirchengemeinde, mit der wir zusammenarbeiten. Weil er unsere Adresse nicht erfahren konnte, hatte ein Mann dort einiges für uns abgegeben. Wir bekamen Saft, Fruchtschnitten, Müsliriegel, Nussmischungen, Orangen und Mandarinen. Dabei lag eine kleine Karte, auf der stand schlicht *Danke*. Später drehte ich sie um. Es handelte sich um eine Visitenkarte mit den üblichen Kontaktdaten. Neugierig schrieb ich Leon eine eMail. Daraus entstand eine rege Korrespondenz. Ich erfuhr auch, dass eine von uns seinen Freund vor einer Kurzschlusshandlung bewahrt hatte. Nach sechs Wochen haben wir uns getroffen und inzwischen sind wir gewissermaßen zusammen.«

»Das ist doch wundervoll!«, ruft Karasi. Dann hält sie inne.

»Moment, was stimmt da nicht?«

»Er wird in vier Monaten wegfahren. Er plant ein Sabbatjahr, in dem er reist. Anfang Juli bricht er auf.«

Karasi ist enttäuscht. Seit sie mit Bruno erfährt, wie sich Glück in einer Beziehung anfühlt, wünscht sie das allen Menschen.

»Wie finden die Kinder ihn denn?«, fragt sie trotzdem.

»Ich habe das Ganze bisher verheimlicht, eben deshalb. Was soll ich ihnen jemanden vorstellen, der dann gleich wieder weg ist.«

»Meinst du nicht, dass sie alt genug sind?«, gibt Karasi zu bedenken.

Virginia lacht. »Bisweilen bin ich eine Glucke.«

Was es bedeutet für andere verantwortlich zu sein, kann Karasi nur versuchen nachzufühlen. Darum ist sie unsicher, ob sie ihre Gedanken äußern soll.

Da die Frage nun mal in ihrem Kopf ist, stellt sie diese auch:

»Hast du darüber nachgedacht mitzufahren?«

»Das geht nicht! Ich muss mich um die Kinder kümmern. Selbst wenn Vincent voraussichtlich zwei Auslandssemester absolviert, braucht Rosa meine Unterstützung.«

Karasi fragt verwirrt. »Vincent studiert im Ausland?«

»Er legt vorzeitig sein Abitur ab, weil er die zehnte Klasse übersprungen hat. Ein Lehrer schlug ihm ein Auslandsjahr vor. Vor knapp einem Jahr haben wir zusammen den Antrag ausgefüllt. Wenn er sein Abi mit dem vorgegebenen Notendurchschnitt besteht, wird ein Stipendium an ihn vergeben«, sagt sie zögernd.

»Du bist ambivalent?«

»Ja. Vor einem Jahr schien das in weiter Ferne zu liegen. Aber er ist doch kaum erwachsen und die USA so weit weg.«

Virginia stützt die Stirn in die rechte Hand. »Bevor Rosa keine Lehrstelle hat, kann ich keinesfalls mit Leon mitfahren. Danach sieht es im Moment leider nicht aus. Dazu kommen noch weitere Gründe, unabhängig von den Kindern.«

Sie sitzen schweigend beisammen.

Karasi hatte auch davon etwas gesehen, während der Umarmung. Das Ende von stundenlangen heftigen Streits mit dem Exmann, bei denen korrekte Sprache nie half, sondern die Verzweiflung nur erhöhte.

Ein Klingeln ertönt. Virginia fährt hoch. Eilig angelt sie ihr Handy aus der Tasche.

»Jetzt rede ich von den Kindern und vergesse sie gleichzeitig.«

Sie steht auf, wobei sie sich ihre Jacke schnappt. »Sie schreiben: *Wir haben Hunger!* Ich versprach, etwas Leckeres zu kochen«, erklärt sie ihren Aufbruch. »Kannst du für mich mitbezahlen?«

Reflexartig greift Karasi die dargebotenen Münzen.

Die Sonne wandert hoch am Himmel. Es ist bereits ein Uhr durch.

»Es war schön mit dir zu reden. Ich hoffe, wir sehen uns bald wieder«, verabschiedet sich Virginia, indem sie Karasi umarmt.

»Das hoffe ich auch«, stimmt diese zu. Dann folgt sie mit dem Blick der davon eilenden Frau.

Erneut hat sie einen Teil ihrer Geschichte zurückgehalten, ohne genau zu wissen warum. Der Aufenthalt in Deutschland scheint ihre alten Mechanismen zu reaktivieren. Sich hinter einer Maske zu verstecken hatte sie jahrelang perfektioniert. Nun ist es nötig, bewusst eine andere Entscheidung zu treffen.

Zumindest Menschen gegenüber, die sie so offensichtlich mögen, will sie versuchen das Versteckspiel aufzugeben.

Sie kauft eine Kugel Eis und tritt mit dem Geschmack gerösteter Pistazien im Mund den Rückweg an.

Ferne Nähe

»Nein! Und was hast du dann gemacht?«, ruft Rosa.
Mit einem Headset auf dem Kopf sitzt sie vor ihrem eigenen Computer. Früher hatte sie sich ein Windows 98-Modell mit Vincent teilen müssen. Vor drei Jahren organisierte ihre Mutter für sie und Vincent je einen Rechner, als die bei irgend einer Firma ausgemustert wurden.

Zum Glück kann sie dadurch mit ihrer besten Freundin skypen, wann sie möchte.

Lena macht eine Ausbildung in Hamburg. In ihrem Wohnheim darf sie keinen Besuch übernachten lassen und nach Witten kommt sie nur alle paar Wochen. So bekommt Rosa Lena fast nur noch auf dem Bildschirm zu sehen.

»Ich habe ihm eine geknallt!«, berichtet Lena, die im Kino belästigt worden war.

»Das war dann wirklich schlagfertig«, lacht Rosa.

»Was gibt's bei dir Neues?«, will Lena wissen.

Rosa sitzt in der Dämmerung, ohne Licht zu machen. Das entspricht ihrer Stimmung: irgendwie bedrückt. Sie weiß, dass Lena sie gut genug kennt, um das zu bemerken.

»Mama hat einen Freund! Sie hat uns das eben beim Essen gesagt. Gleich kommt der noch vorbei, damit wir ihn kennenlernen«, sagt sie düster.

»Freust du dich denn kein bisschen für sie?«

»Alle haben was, nur ich nicht.«

»Du spinnst, Rosa!« Das darf nur Lena zu ihr sagen. »Erst mal hast du die tollste beste Freundin auf der Welt, nämlich mich. Außerdem wirst auch du einen Freund finden und einen Job. Jetzt will dir noch diese Ka-dingsda helfen.«

Rosa kann ein Grinsen kaum unterdrücken. »Du hast ja Recht.«

»Deine Ma ist eine klasse Frau und schon ewig Single. Ich hoffe, der Typ ist nett.«

»Ist ja gut«, brummt Rosa unwillig. Sie weiß, dass viele ihrer Freundinnen ihre Mutter toll finden. Aber ihre Tochter zu sein ist nun mal etwas anderes. »Ich werde ihn mir anschauen – ganz unvoreingenommen.«

Sie quatschen noch über ihre gemeinsamen Bekannten. Wer zusammen oder getrennt, wer umgezogen und wer total abgedreht ist.

Plötzlich sieht Lena winkend an Rosa vorbei.

Virginia ist ins Zimmer gekommen. Sie schiebt Rosas Kopfhörer vorsichtig ein Stück zur Seite: »Kannst du bitte aufhören, Leon kommt gleich.«

Dann sagt sie in Richtung des Mikrofons: »Hallo Lena, du siehst toll aus.«

Salziges Karamell

Rosa bemerkt gleich die großräumige Tasche, die von Karasis Schulter hängt, als sie sich wie immer am Eingang des Schwesternparks treffen. »Hast du Lust, mit mir in die Stadt zu gehen?«, fragt Karasi. Das erklärt dieses pinkfarbene Stoffbehältnis nur unzureichend.

»Klar! Was machen wir denn da?«

»Ich brauche ein paar Fotoabzüge, ein Telefonbuch und ... na mal sehen.«

Solche Antworten nerven Rosa. Trotzdem hängt sie sich bei Karasi ein. Sie biegen nach rechts in die Pferdebachstraße. Unterwegs berichtet sie von Leon, Mamas Liebstem, wie sie ihn nennt. Er ist durchaus nett, aber dass er zu Mama andauernd ›Schatz‹ und ›Süße‹ sagt, findet sie total doof.

»Weil sie eben deine Mama ist und nicht auch sein Schatz sein kann?« Karasi lacht. »Rosa, bist du etwa eifersüchtig?«

»Vielleicht ein bisschen«, gesteht sie zerknirscht. »Keine Ahnung. Sie war immer nur für uns da.«

»Meinst du, du kannst dich daran gewöhnen sie zu teilen?«

»Ja«, antwortet sie gedehnt. »Es war ja schön, dass sie gestern so viel mit ihm gelacht hat.«

Mit Papa lachte Mama früher ständig, erinnert sich Rosa. Dann ging er fort. Danach hatte sie ihre Mutter wochenlang jeden Abend weinen hören, während sie ebenso viele Tränen allein in ihrem Zimmer vergoss. Davon sagt sie nichts. Ihr Vater ist für sie gestorben. Niemals gäbe sie zu, dass sie ihn mitunter vermisst.

Sie gelangen zur Ardeystraße. Auf den drei Fahrspuren herrscht reger Verkehr.

Rosa drückt den Knopf an der Fußgängerampel. Wie immer tritt sie dann einen Schritt zurück, um zu warten. Es macht ihr Angst, wie nah die Busse vorbeirasen, wenn sie die angrenzende Haltestelle ansteuern.

Als sie bei Grünlicht die gegenüberliegende Straßenseite erreichen, wendet Karasi sich nach rechts. Rosa bleib abrupt stehen.

»Was ist denn?«, fragt Karasi überrascht.

»Willst du wirklich durch den Lutherpark?«

»Ja, ich finde es netter, als die Straße entlangzugehen. Außerdem bin ich dort noch nicht gewesen.«

»Na gut«, willigt Rosa widerstrebend ein.

Nach wenigen Metern stoßen sie auf eine Gruppe junger Männer. Wie jeden Nachmittag stehen sie um die Bänke herum oder lümmeln darauf. Alle haben eine Flasche Bier in der Hand.

»Hallo, ich wünsche euch einen schönen Tag«, begrüßt Karasi sie »Auch, dass das Wetter sich hält«, setzt sie mit einem Blick zum Himmel hinzu.

Ein Gemurmel aus »Hallo« und »Gleichfalls« begleitet sie noch ein Stück des Weges. Einer der Männer lüftet seinen imaginären Hut und sagt »Ladys« zu ihnen.

Rosa kichert. Hauptsächlich ist sie jedoch verblüfft. Sie hatte gehört, das einige ältere Menschen den Park meiden, wegen der Rowdys, wie sie sagen. Anscheinend sind die aber freundlich, wenn man ihnen ebenso begegnet.

Trotzdem hofft Rosa, eine Lehrstelle und dann einen Job zu finden, um nicht auch irgendwann hier zu landen.

»Schau nur, wie herrlich die Narzissen angepflanzt sind. Ach und dort ist ein Stück Wildblumenwiese. Das gefällt mir besonders«, freut sich Karasi.

Sie erreichen das Ende des kleinen Parks mit dem Taubenturm. Nach wenigen Metern gelangen sie in die Fußgängerzone.

»Ich glaube, hier im Kaufhof gab es damals eine Polizeiausstellung. Ich muss so zehn gewesen sein. Meine Mutter hat mir den Schädel genau erklärt, in dem eine Kugel steckte.«

Karasi schüttelt den Kopf. »Sorry, mir fallen dauernd irgend welche Sachen ein.«

Rosa kann sich nicht vorstellen alt zu sein und zahllose Erinnerungen herumzuschleppen. Wie werden die sortiert? Schon jetzt erinnert sie sich an einiges besser, als an anderes. Schulstoff vergisst sie eher. Jede Begegnung mit Paul hingegen kann sie bis ins Detail im Gedächtnis abrufen.

Rosas Blick fällt auf die riesige Überschrift einer Tageszeitung: *Mörderische Gedanken im Kopf!* Darüber in kleineren, dafür roten Buchstaben: *Amok-Pilot Andreas Lubitz ließ German-Wingsflug 4U9525 abstürzen.* Rosa hatte im Unterricht der neunten Klasse Zeitungstexte analysiert. Vorher wäre ihr nie eingefallen, dass bereits Begriffe wie *grausame Folter* manipulieren - Folter ist per se grausam. Wird das Adjektiv dazugeschrieben, soll eine bestimmte Stimmung oder Haltung erzeugt werden. Niemand kennt die Gedanken des Piloten. Einhundertfünfzig Menschen sind tot. Das allein ist eine schreckliche Tatsache. Rosa wünscht den Hinterbliebenen, dass sie trotz aller Spekulationen trauern können. Über die Gründe für das Unglück möchte sie nicht nachdenken.

Schnell steuert sie den Drogeriemarkt an, um die Fotos auszudrucken.

Es macht ihr Spaß Karasi den Vorgang zu erklären. Während diese beschäftigt ist, sieht sie sich im Laden um.

Nie zuvor, ist ihr aufgefallen, dass in vielen Produkten Pflanzenbestandteile verarbeitet sind. Neugierig liest sie die Beschriftung einiger Verpackungen. Da ist ein Deo mit Salbei und Zitrone, dort ein Shampoo mit Brennnesseln und Zitronenmelisse. In einer Handcreme steckt Calendula.

Bei genauerer Betrachtung, entdeckt sie als weitere Inhaltsstoffe Aloe Vera und Bienenwachs.

Sie weiß nicht, was die verschiedenen Pflanzen bewirken, aber es interessiert sie brennend.

Als Rosa aufschaut, stellt sie fest, dass Karasi sie beobachtet. Sofort wird ihr Gesicht heiß. Sicher wird sie wieder rot. Schnell versucht sie abzulenken:»Ach, Mama hat gesagt, dass es schön wäre, wenn du nachher mit zu uns kommst.«

»Gerne. Hat sie dir von unserem Treffen erzählt?«

»Ja, hat sie«, erklärt Rosa unwillig.

»Sie nimmt dir nichts weg, Süße«, stellt Karasi klar, wobei sie das Wort *Süße* besonders betont.

Rosa lacht.»Na dann ist ja gut!«

Das ist einer ihrer Lieblingssprüche.

Der Film, in dem der Satz häufig gesagt wurde, erweckte den Eindruck, dass sich jedes Problem lösen lässt. Rosa hofft trotz allem, dass dem so ist.

Nach dem Bezahlen bummeln sie noch ein wenig durch die City.

Dann gehen sie zur Post, die in der Stadtgalerie untergebracht ist. Karasi scheint froh zu sein, die aktuelle Ausgabe des Telefonbuchs zu bekommen.

»Das will keiner mehr zu Hause herum liegen haben. Man kann besser im Internet nachschauen«, erklärt Rosa. Sie ist erstaunt, dass Karasi einerseits so viel weiß, sich andererseits aber mit selbstverständlichen Sachen nicht auskennt.

Mit den erstandenen Dingen beladen treten sie den Rückweg an.

Da zeigt Karasi auf einen Typ mit Dreadlocks.

»Rosa, schau mal. Kennst du den?«

»Nein, keine Ahnung, wer der Kerl ist. Warum fragst du?«

»Ich bemerkte ihn schon ein paar Mal. Vielleicht auch nur, weil er besonders auffällig ist.«

Sie gehen weiter und gelangen wieder in den Lutherpark. Karasi setzt sich auf eine Bank und klopft rechts neben ihrem Platz auf das Holz, damit Rosa sich ebenfalls hinsetzt. Sie folgt der Aufforderung, bevor sie berichtet: »Einiges von dem, was du erzählt hast, fand ich übrigens im Internet.«

»Hat es dich so sehr interessiert?«

»Ja, ich wusste das mit den Feldern vorher nicht. Da waren interessante Beispiele mit verschiedenen Tieren aufgeführt. Affen, die auf einer Insel leben, schafften es, Nüsse zu knacken. Kurz darauf konnten das die Affen auf dem Festland ebenfalls, obwohl kein Affe die Insel verlassen hatte.«

Sie schildert noch zwei weitere untersuchten Fälle.

»Außerdem bin ich auf dieses *Wünschen beim Universum* gestoßen. Da wurde das vollkommen anders dargestellt, als du es erzählt hast. Die meinten, man muss nur wünschen – dann würde es auch eintreffen«, erklärt Rosa mürrisch.

»Ja, so hätten das die Menschen gern. Dabei kann jeder überprüfen, ob das in seinem Leben bisher so funktioniert hat.«

»Na, bei mir jedenfalls nicht.«

»Und das liegt keinesfalls daran, dass du auf die falsche Art gewünscht hast.«

»Woran denn dann? – Ich meine, was muss ich tun, damit alles so eintrifft, wie ich es möchte?«

Karasi lacht laut auf. »Rosa, sei froh, dass es nicht so ist. Das würde keinem Menschen guttun.«

Rosa wird von einer vorbeilaufenden Familie mit drei herumtollenden Kindern abgelenkt. Als ein Liegedreirad an ihnen vorbeifährt, ruft der etwa achtjährige Junge begeistert: »Wo gibt es denn so welche?«

Schon wieder jemand, dessen Wünsche nicht erfüllt werden. Der Junge bekommt kein solches Fahrrad und sie selbst keine Lehrstelle.

»Kennst du das Yin-Yang Symbol?«, unterbricht Karasi ihre Grübelei, dreht sich zu ihr und legt das rechte Bein angewinkelt auf der Sitzfläche ab.

»Dieses schwarz-weiße, bei dem Männer hell und aktiv, Frauen hingegen dunkel und passiv sind?«

»Wie du das sagst, klingt es wertend. So ist es allerdings nicht gemeint. Vielmehr geht es um Gegensatzpaare: männlich – weiblich, Bewegung – Ruhe, Nacht – Tag und so weiter.«

»Ach so. Warum haben die Chinesen die Punkte in die jeweils andere Seite gemalt?«

»Schön das du fragst, denn genau davon wollte ich dir erzählen.«

Rosa ist froh, dass sie wenigstens gute Fragen stellt. Gespannt wartet sie, was Karasi zu berichten hat.

»Das Symbol ist übrigens sehr alt. Es wurde bereits bei den Kelten und Etruskern gefunden. Es symbolisiert die Polarität. Die Liste der Beispiele ist endlos. Heiß – kalt, geben – empfangen. Alles in der Welt hat seinen Gegenpol. Dieser ist nötig und wichtig. Du kannst nicht entscheiden ausschließlich einzuatmen. Du würdest ersticken. Erst das Ausatmen schließt den Kreis. Ja mehr noch, in dem einen ist immer bereits ein wenig vom anderen enthalten. Wir wünschen uns Gesundheit. Dafür ist der Kontakt mit Keimen notwendig, um die Abwehrkräfte zu stärken.«

Karasi seufzt. »Wir Menschen versuchen oft, den einen Pol aus unserem Leben zu verbannen. Dadurch wird er jedoch nur mächtiger, schon weil wir ihn aus dem Blick verlieren. Nur Gott vereint alle Gegensätze in sich.«

»Ach darum hast du beim Osterfeuer gesagt, du glaubst nicht an den *lieben Gott*. Aber ich verstehe es jetzt: Wenn ich nicht zeitweise unglücklich wäre, wüsste ich nicht, was Glück bedeutet.«

»Genau! Außerdem geht beides vorbei. Es ist sinnlos, eines krampfhaft festzuhalten.«

»... und in der glücklichen Zeit mahnt mich das Unglück, den Wert des Glücks zu erkennen. Bin ich unglücklich, kann ich hoffen, weil ich weiß, wie sich Glück anfühlt.«

»Du bist wahrhaft weise für dein Alter«, bemerkt Karasi.

Rosa hört Stolz in ihrer Stimme mitschwingen. Vollkommen unbewusst richtet sie ihren Körper auf, woraufhin sie sich ein wenig zuversichtlicher fühlt.

Sie hat noch immer keine Lehrstelle. Das ist eine Tatsache. Umso mehr wird sie die, die sie findet zu schätzen wissen.

Womöglich findet sie etwas, das besser zu ihr passt, als Leuten Dinge zu verkaufen.

Ein Windstoß fegt durch die Bäume, lässt das frische Laub leise wispern und die Sonnenflecken auf dem Boden tanzen. Licht und Schatten.

»Wie hilft mir das alles? Ich kann mir keine Lehrstelle wünschen. Das verstehe ich. Aber was kann ich tun?«

»Ich glaube, es gilt erst einmal die Tatsachen anzuerkennen. Du suchst bisher vergeblich einen Ausbildungsplatz. Das ist im Moment schrecklich. In zehn Jahren wird es jedoch ohne Belang sein. Um in deiner Situation etwas zu bewegen, ist das Feld von großer Bedeutung.«

Karasi zeigt mit der Hand in eine Richtung. Es dauert einen Augenblick, bis Rosa einfällt, dass sie dort im Schwesternpark, über das Thema gesprochen hatten. »Ich bin davon überzeugt, dass es so gelingt: Finde heraus, was du wahrhaftig möchtest. Dann male es dir aus, so detailgetreu wie möglich. Belebe dieses Bild, in dem du dich jeden Tag damit beschäftigst. Das Feld wird dein Bild verbreiten.«

In Rosas Kopf schwirrt alles durcheinander. Wie soll sie sich das ausmalen? Sie hat doch keine Ahnung was.

Anscheinend hat sie ein paar Sätze nicht mitbekommen. Als sie nun wieder Karasis Stimme hört, klingt diese sanft.

»... überprüfe auch deine innere Einstellung. Glaubst du, einen passenden Ausbildungsplatz zu verdienen?«

Rosa spürt, wie ihr Tränen in die Augen steigen. »Nein«, sagt sie kläglich. »Ich bin nicht so toll, wie Lena oder Vincent ... Ich bin in keiner Weise besonders.« Karasi nimmt ihre Hände. »Rosa. Natürlich bist du außergewöhnlich. Du hast mein Herz im Sturm erobert. Ich habe dich so lieb, weil du eine wundervolle junge Frau bist.« Jetzt kann Rosa ihr Schluchzen nicht länger unterdrücken. Sie lehnt sich an Karasis Schulter und weint. Etwas Besonderes? Nein, sie ist zu langweilig, zu dumm, zu hässlich, zu ...

»Stopp!«, ruft Karasi. »Bitte denk nicht so von dir. Wenn du glaubst, es nicht wert zu sein, hilft auch alles Wünschen nichts.«

Karasi streichelt Rosa übers Haar. »Es tut mir leid, dass meine Worte dich zum Weinen gebracht haben. Aber womöglich ist es gut so. Sonst wären wir nie zu diesem Geheimnis vorgedrungen.«

Geheimnis. Ja, das ist es tatsächlich, überlegt Rosa. Niemals hätte sie das jemandem gesagt. Unter anderen Leuten ist sie ständig bemüht cool rüber zu kommen, damit niemand ihre Gedanken errät. Viel zu sehr schämt sie sich.

Karasi hat sie durchschaut. Ihr kann man nichts vormachen. Wenn überhaupt ein Mensch von ihrer Verunsicherung weiß, dann ist es gut, dass es Karasi ist.

Langsam wird Rosa ruhiger, ihre Tränen versiegen. Noch einen Moment genießt sie es an Karasis Schulter zu lehnen und von ihr gestreichelt zu werden. Schließlich richtet sie sich auf und wischt mit den Händen das Gesicht trocken. Karasi lächelt sie an. Rosa fällt auf, dass jemand auf viele verschiedene Arten lächeln kann. Dieses Lächeln wirkt mitfühlend und aufmunternd.

»Für dich bin ich in Ordnung und ich möchte das auch gern glauben, aber die Lehrer sagen ich bin anstrengend und zu nichts zu gebrauchen«, murmelt Rosa.

Sie hört, wie Karasi heftig durch die Nase einatmet und sieht an ihrem Körper, dass sie die Luft nur langsam wieder herausströmen lässt.

Danach sagt Karasi ruhig:»Leider wirst du wiederholt Menschen begegnen, die dich beurteilen. Nach meiner Erfahrung bekämpfen sie in anderen oft das, was sie an sich selbst nicht mögen. Dein Lehrer macht das offensichtlich ebenso. Er scheint einiges an sich abzulehnen, das wirft er dir vor. Andererseits ist solch eine Beurteilung auch immer ein Test für die eigene Person. Ich frage mich dann, was ich diesbezüglich von mir halte.«

Rosa nickt.»Du meinst, das hat überhaupt nichts mit mir zu tun, dass der so etwas sagt?«

»Genau. Entscheidend ist, was du von dir denkst.«

Nachdenklich schaut Rosa im Park umher. Die Sonne scheint und viele Menschen spazieren umher oder sitzen auf Bänken. Sie alle denken etwas von sich, denken, sie sind so und so. Wahrscheinlich sind diese eigenen Gedanken bei fast allen negativer, als wenn eine neutrale Person etwas über sie sagen würde.

Obwohl sie selbst es nicht besser kann, findet Rosa das bedauernswert.

»Komm, lass uns gehen.« Karasi nimmt Rosa bei der Hand und sie verlassen den Park.»Ich wünsche mir, dass du eine Liste schreibst, mit allem, was du an dir magst.«

Das Mädchen schluckt.»Die wird aber kurz«, sagt es dann.

»Wir können deine Ideen ja gemeinsam ergänzen, vielleicht auch mit Eigenschaften, die du noch entwickeln möchtest«, schlägt Karasi vor.»Wenn die Liste fertig ist, suchst du anschließend zu jedem Begriff das Gegenteil und schaust, ob es dafür ebenfalls einen Platz in deinem Leben gibt.«

»Ich versuch's«, verspricht Rosa.

Im Moment hat sie keine Vorstellung, wie so etwas aussehen könnte. Durch ihren Kopf schwirren Gegensatzpaare. Obwohl sie das alles theoretisch versteht, fällt es ihr schwer, es auf sich selbst anzuwenden. Da sind Mamas Regeln leichter zu beherzigen.

Um die Gedanken zu unterbrechen, spricht sie davon: »Bei uns auf dem Klo hängt ein Bild, mit Yamas und Niyamas. So heißt das, was man tun oder nicht tun soll bei den Yogis.« Rosa hat sich das keineswegs bewusst gemerkt. Es ist durch die vielen Male, die sie es gesehen hat, einfach hängen geblieben.

»Ah, interessant. Das schaue ich mir nachher an«, bedankt sich Karasi.

Sie erreichen das Haus, in dem die Renkens wohnen. Karasi ist gespannt, wie sie leben. Sie findet es immer recht aussagekräftig, mit welchen Dingen sich Menschen umgeben.

In der Wohnung angelangt, hängen sie ihre Jacken an der Garderobe auf.

Rosa weist auf einen grauen Hoodie. »Der ist auch wieder da«, murmelt sie.

»Zeigt sich da eventuell ein zu entwickelnder Punkt für deine Liste?«, flüstert Karasi ihr zu.

Rosa grinst.

»Wo ist denn das Klo?«, fragt Karasi und stellt übertrieben dar, wie nötig sie muss, indem sie unruhig von einem Bein aufs andere tritt.

Lachend deutet Rosa auf eine Tür.

Nachdem Karasi gepinkelt und sich die Hände gewaschen hat, schaut sie in Ruhe das von Rosa erwähnte Bild an.

In schön geschwungenen Buchstaben stehen dort fremde Begriffe auf Elefantenpapier, gefolgt von ihrer Übersetzung sowie einer kurzen Erklärung.

Yamas:
Ahimsa – Nichtverletzen (mich oder andere mit Wort oder Tat)
Satya – Wahrhaftigkeit (zu mir und anderen ehrlich sein)
Asteya – Nichtstehlen (auch nicht vorenthalten)
Brahmacharya – (Vermeidung von sexuellem Fehlverhalten)
Aparigraha - (nur so viel wie nötig besitzen und konsumieren)
Niyamas:
Saucha – Reinheit (innerlich und äußerlich)
Santosha – Zufriedenheit (in Frieden mit mir und anderen)
Tapas – Disziplin (bewusst einen Vorsatz einhalten)
Swadhyaya – (mich studieren, hier und in den Schriften)
Ishvarapranidhana - Verehrung des Göttlichen (in allem)

Karasi seufzt. Das ist eindrucksvoll auf den Punkt gebracht und entspricht in etwa dem, woran sie selbst sich zu halten versucht. Leider gelingt ihr das nicht immer so gut, wie sie möchte.

Als sie ins Wohnzimmer eintritt, erhebt sich ein athletischer Mann mit braunem Lockenkopf vom Sofa. Rasch hat er die wenigen Schritte durchs Zimmer zurückgelegt und reicht Karasi die Hand.

»Hallo, ich bin Leon. Virginia erzählte mir eben von eurem Treffen gestern. Du stellst wirklich spannende Fragen.« Er zwinkert ihr zu.

»Hallo.« Karasi strahlt ihn an. Sie ist erfreut, dass die beiden über ihre Idee zusammen zu reisen gesprochen haben. Vielleicht ist der Gedanke letztendlich nicht so verrückt, wie es anfangs schien.

»Hallo Vincent«, sagt sie zu dem Jungen, der neugierig im Türrahmen steht. Dieser nickt nur.

Auch Virginia begrüßt Karasi und bittet dann die Kinder alles in der Küche vorzubereiten. Leon hilft ihnen.

Die beiden Frauen setzen sich auf das Sofa, mit dem kunterbunten Überwurf. Darüber hängen Fotos vom

Nachwuchs, in verschiedenen Stadien des Heranwachsens und einige Kinderzeichnungen.

Die gegenüber liegende Wand wird von einem ausladenden Regal beherrscht, dessen Böden voll mit Büchern und Ordnern stehen. Solche Wohnungseinrichtungen kannte Karasi bisher nur bei Studenten. Es gefällt ihr, weil es ein wenig improvisiert und dadurch äußerst lebendig wirkt. Aus der Küche erklingt lautes Scheppern, gefolgt von Rosas hellem Lachen.

Karasi fasst sich ein Herz:»Virginia, ich möchte dir etwas sagen. Gestern im Eiscafé, erzählte ich von den Dingen, die ich plötzlich über Kollegen wusste und wie mich das umgehauen hat.«

Sie ist froh, dass Virginia sie nur unverwandt anschaut.»Ich ließ dabei einiges aus: Wirklich schmerzhaft, empfand ich die Gefühle, die sie *mir* entgegenbrachten. Viele waren neidisch, sogar missgünstig, andere verachteten mich von Grund auf. Die Sympathie der wenigen Übrigen wog das in keiner Weise auf. Ich kann nicht erklären, warum ich das ausließ, ich wollte das keinesfalls verschweigen ...«

»Ich versteh schon«, unterbricht Virginia ihre Entschuldigung,»und ich danke dir für dein Vertrauen.« Es klingt feierlich. So, als würden sie etwas besiegeln – vielleicht ihre Freundschaft.

»Ich habe etwas für dich.« Virginia reicht ihr einen Umschlag.»Lies den Flyer später in Ruhe. Möglicherweise erklärt er dir einiges.«

»Danke.« Verwirrt greift Karasi das Kuvert und steckt es ein. Sie plaudern ein wenig, da ruft Leon:»Das Abendessen ist fertig!«

In letzter Minute entzündet Rosa die Kerzen in den leeren Marmeladengläsern, als auch schon Karasi mit ihrer Mutter durch die Tür tritt. Sie bleiben mit staunenden Gesichtern stehen.

Rosa betrachtet den Anblick mit Stolz. Die Küche wird beherrscht von dem ausgezogenen Tisch, der für fünf Personen eingedeckt ist. In der Mitte steht ein opulenter Salat zwischen Schälchen mit Oliven, Feta, Gürkchen und Butter sowie einem Korb mit Brot. Rasch finden alle einen Platz und greifen zu. Sie essen. Sie reden. Sie lachen. Rosa freut sich, mit allen zusammen zu sitzen, auch wenn es recht eng in der kleinen Küche ist.

Als niemand mehr isst, kündigt Karasi an: »Ich hoffe, ihr mögt noch einen klitzekleinen Nachtisch.«

Sie holt eine Pappschachtel aus ihrer Tasche und reicht jedem ein winziges, in Butterbrotpapier eingewickeltes Päckchen. »Es sind Karamellbonbons.«

Alle schauen sie gespannt an. »Also, ihr dürft sie jetzt essen«, sagt sie lachend, stellt die Schachtel mit den verbleibenden Bonbons auf den Tisch und beginnt ihr eigenes auszupacken. Die anderen tun es ihr gleich. Schon kauen oder lutschen sie die weichen Würfel.

»Ich liebe Karamell«, bekennt Virginia.

»Salz!«, ruft Vincent überrascht aus.

»Ja, ich schmecke auch ein bisschen Salz«, bestätigt Leon.

»Dadurch wirkt es noch karamelliger«, beschreibt Rosa ihren Eindruck.

Vergnügt erklärt Karasi: »Darum ging es mir. Erinnerst du dich, wir sprachen vorhin darüber, dass alles ein Gegengewicht benötigt?«

»Arm und reich, kalt und heiß. Ohne Unglück wüsste niemand sein Glück zu schätzen«, bejaht Rosa, die sich natürlich erinnert.

»Was redet ihr denn?« Vincents Ton klingt abfällig.

»Deine Schwester ist eine kluge, philosophisch denkende junge Frau«, weist Karasi ihn freundlich zurecht.

»Ist salzig das Gegenteil von süß?«, fragt er daraufhin.

»Für mich mindestens ebenso wie sauer«, stellt Virginia klar.

»Also, wir haben überlegt, dass nicht nur jede Sache ein Gegenstück hat, sondern dass etwas von diesem Gegenstück bereits in jeder Sache enthalten ist. Meistens jedenfalls ...«, lässt Rosa ihre Erklärung unsicher enden.

»Das ist ja eine tolle Demonstration mit den Bonbons«, findet Leon.

Karasi wedelt mit den Armen, als wolle sie das Kompliment in der Luft auswischen. »Ich esse salziges Karamell besonders gerne. Gestern kam mir die Idee, einen Gegensatz damit erfahrbar zu machen. Das schien mir ein passender Grund mich an den Herd zu stellen. Ich hatte das Gefühl, Rosa und ich würden das Thema vertiefen.«

»Kannst du mir das Rezept geben«, bittet Virginia.

Karasi nickt ihr zu. »Gerne.«

Leon greift den Faden erneut auf. »Meint ihr, alles Negative findet als Gegenpol seine Rechtfertigung? Also müssen sich Menschen bekriegen, weil anderswo oder zu einer anderen Zeit Frieden herrscht?«

»Keine Ahnung«, gesteht Karasi. »An diesem Punkt fällt es mir schwer, so zu denken. Bei Schicksalsschlägen einzelner Personen überlege ich, ob der auch etwas Gutes beinhaltet, irgendeinen Gewinn bringt. Aber alles kann ich mir so nicht erklären.«

Einen kurzen Moment ist es still, dann bemerkt Virginia leise: »Wenn ich den Gegenpol-Gedanken nur auf mein eigenes Erleben beziehe, bietet es großes Potenzial für Veränderung. Ich halte mich zum Beispiel für rücksichtsvoll. Gehe ich allerdings so weit zu behaupten, dass ich dies immer und ausschließlich bin, werde ich sicher mit vielen rücksichtslosen Menschen konfrontiert. Solange, bis ich auch den anderen Teil, ich nenne ihn jetzt einfach *Egoismus*, bei mir anerkenne.«

»Mama, so was hast du mir noch nie erzählt!«, ruft Rosa entrüstet.

»Vielleicht nicht deutlich genug«, überlegt Virginia und streicht ihrer Tochter über die Wange. »Ich sprach jedoch schon einige Male darüber.«

Rosa kann sich an nichts Derartiges erinnern. Sie findet es spannend, diese andere Seite ihrer Mutter kennen zu lernen. In Zukunft wird sie ihr genauer zuhören, auch wenn sie etwas vollkommen unterschiedlich sieht.

Karasi schiebt ihren Teller ein Stück zurück. »Unser Denken in *gut* und *schlecht* engt enorm ein. Rücksichtslosigkeit gilt als negative Eigenschaft. Jedoch ist ein gewisser Anteil davon nötig, um ein Ziel zu erreichen.«

Rosa überlegt, ob es ihr daran mangelt. Kommt aber zu keinem Ergebnis, denn schon meint Leon: »Selbst wenn wir Rücksichtslosigkeit bei jemandem erleben, sagen wir meist, der Mensch sei rücksichtslos und nicht sein Handeln in einer bestimmten Situation. Dabei ist doch der Wert eines Menschen immer gleich. Ich bemühe mich, von dieser positiven Grundannahme auszugehen.«

»Axiom«, wirft Vincent ein, der bisher geschwiegen hat.

Die anderen schauen zu ihm.

»Axiome sind nicht beweisbare Aussagen, die jedoch möglich bis wahrscheinlich sind. So nennt man diese Grundannahme, von der Leon erzählt hat.«

»Woher weißt du so etwas?«, fragt Virginia verblüfft.

»Es gibt ein Computersystem für Algebra, das so heißt. Ich wollte wissen, was der Name bedeutet.«

»Hey, toll! Mir war das Wort entfallen«, lobt Leon. »Zwei dieser Axiome helfen mir besser mit der Welt klar zukommen. Das eine nannte ich eben, das andere lautet: Jedem Verhalten liegt eine positive Absicht zugrunde.«

»Jedem?«, ruft Rosa aus, der das unmöglich scheint. »Also auch wenn Menschen etwas Schreckliches tun?«

»Fangen wir einmal klein an«, schlägt Virginia vor. »Ein Kind, das in der Schule stört, nervt die Lehrer, bekommt so indessen die benötigte Aufmerksamkeit.«

»Ah, ich verstehe. Jemand der klaut, will eine Sache haben, entweder weil er wirklich Not leidet oder um eine andere Lücke zu füllen«, spinnt Rosa den Faden genervt weiter.

»Aber er ist doch trotzdem schuldig?«

»Wann sich ein Mensch schuldig macht, hängt von den Regeln der Gesellschaft ab, in der er lebt. Meiner Meinung nach gibt es ebenso eine moralische Schuld. Wenn Leute zu ihrem eigenen Vorteil die vorhandenen Gesetze ausnutzen und andere somit schädigen oder ausbeuten, halte ich sie trotz allem für schuldig.«

Das hilft Rosa auch nicht weiter. Sie wünscht, die Welt wäre klar und einfach.

»Das jemand stiehlt, ist in jedem Fall falsch. Aber wie deine Mutter sagt, sind unter Umständen die Personen mitverantwortlich, die ihn in diese Lage gebracht haben. Ich denke da an den Lebensmittelkonzern, der in vielen Ländern das Grundwasser in Flaschen abfüllt. Den dort lebenden Menschen bleibt nur verschmutztes Trinkwasser. Wenn die jetzt deren Wasser klauen würden, fänd' ich das in Ordnung, würde eher den Konzern bestrafen. Die örtliche Rechtsprechung träfe garantiert eine andere Entscheidung.«

»Puh, ist das kompliziert!«, stellt Rosa fest.

»Eben weil es so kompliziert ist, helfen mir meine beiden Axiome«, meint Leon und nimmt ein weiteres Bonbon. »Schreckliche Dinge können auch mir passieren, aber in der Zwischenzeit fühle ich mich wohler, mit diesen Annahmen, statt jedem zu unterstellen, er wolle mir was Böses.«

Rosa ist verwirrt. Sie dachte immer, es sei notwendig Gefahren vorherzusehen und sich zu schützen. Besonders, wenn sie im Dunkeln nach Hause kommt, hat sie Angst. Seit dem letzten Herbst mehr denn je. Seitdem sitzt ein Mädchen in ihrer Klasse, mit dem sie nie spricht. Würde sie es tun, könnte sie die Narbe an ihrem Hals nicht ignorieren, die das Mädchen regelrecht zur Schau stellt, um Nachsicht einzufordern. Die Narbe von dem Messer, das ein Mann dort hielt, während er sie vergewaltigte.

Darum ruft sie jetzt aufgeregt:»... aber wenn nun jemand tötet oder misshandelt? Was soll da die positive Absicht sein?«

»Ich weiß es nicht Schatz. Das ist sicher in jedem Fall anders. Wir können dieses Nichtwissen nur aushalten und versuchen nicht an der Welt zu verzweifeln.«

»Was ist mit diesem Piloten? Wenn ich daran denke, könnte ich verzweifeln. Warum hat er so viele Menschen mit in den Tod genommen, als er die Maschine gegen den Berg flog?«

Virginia legt den Arm um ihre Tochter.»Schatz, ich weiß nicht, was den Mann bewegte. Seinen vielen Arztbesuchen zufolge muss er verzweifelt gewesen sein.«

Sie schluckt.»Erinnerst du dich an Theresa. Erst als sie Medikamente bekam, beging sie Selbstmord. Ich habe gelesen, dass der Pilot ein ähnliches Mittel erhielt. Ob er diesen Weg bewusst wählte, um zu sterben, bleibt ein Rätsel, das wir eben nur aushalten können.«

Karasi räuspert sich.»Ich finde die Berichterstattung zu dem Unglück seltsam. Das der Pilot mit einer Axt versucht haben soll zurück ins Cockpit zu gelangen ... Warum gibt es eine Waffe auf dieser Seite der Tür, wenn Passagiere keine Nagelfeile mit an Bord nehmen dürfen?«

Ratlos zuckt sie die Schultern.»Die Wahrheit werde ich kaum erfahren, also versuche ich, eine optimistische Einstellung beizubehalten, trotz allem. Letztendlich gilt: Gleiches bringt Gleiches hervor. Ich entscheide mich für eine Seite und behalte die andere im Blick.«

Leise setzt sie hinzu:»Daran glaube ich ganz fest.«

Das ist nur ein kleiner Trost für Rosa, aber immerhin.

Ihr fällt ein, wie sie früher Steine in den Hammerteich geworfen hat. Die vom Eintauchen ausgelösten Wellen hatten sich in alle Richtungen ausgebreitet. Der restliche Wasserspiegel hingegen blieb ruhig. Warf auch Vincent Steine, überschnitten sich ihre jeweiligen Wellen, gingen jedoch nie restlos verloren. Zuweilen verstärkten sie sich geradezu gegenseitig. Vielleicht verhält es sich ähnlich mit der positiven Einstellung zwischen Negativem.

Draußen ist es inzwischen dunkel. Umso mehr wirkt der Tisch im Kerzenschein wie eine Insel aus Licht. Rosa ist froh Teil dieses Eilands zu sein, mit Menschen zusammen zu sein, die sie mag – sogar Leon.

Noch lange sitzen sie beieinander und tauschen ihre Gedanken aus.

Realität in der Illusion

»Der Artikel erscheint demnach in der nächsten Ausgabe?«
»Gut. Auf Wiederhören.«
Peter drückt auf die entsprechende Taste und beendet das Telefonat.
Der Aufsatz von Dr. Lorenz Gundelmann wird also zeitnah in einem Nachrichtenmagazin erscheinen. Mit verständlichen Worten hat dieser beschrieben, wie wundervoll die neuen, genetisch an unsere Zeit angepassten, Pflanzen sind. Im Anschluss schlägt Peter eine Mappe auf. Die Werbeagentur hat seine Anregungen eindrucksvoll umgesetzt: ein Prachtexemplar von Maiskolben, von dem Butter tropft oder eine aufgebrochene Schote, in der sich die Sojabohnen aneinanderschmiegen. Daneben steht in großen Buchstaben: *Mein Wissen für Deinen Genuss* oder *Mein Können für Deine Gesundheit.* Darunter in einer etwas kleineren Schrift: *Nur mit Gentechnik kann weiterhin Gutes geerntet werden.* Unterschrieben war jede Aussage von einem anderen Biologen, dessen sympathisches Konterfei den Eindruck abrundet.
Damit ist das Projekt für ihn erst einmal abgeschlossen.
»Was für ein rührseliger Scheiß ...«, murmelt Peter und stoppt die Wiedergabe der DVD *I won't go quietly.* Nein, leise gehen diese Frauen wirklich nicht.
Bei seinem Plan hilft ihm das Gejammere keineswegs weiter. Er öffnet den Browser und gibt in die Suchmaschine *HIV* sowie *Kinder* ein. An dritter Stelle erscheint die von ihm eingerichtete Homepage *www.HIV-Kids.de,* die seinen Verein präsentiert. Er heißt in diesem Fall Jens Odenwald und ist Vater eines erkrankten sechsjährigen Jungen.

Er hat die Berichte dort zurückdatiert, so das es scheint, als habe er die Seite vor einem Jahr angelegt. Er beschreibt ausführlich die rührende Lebensgeschichte seines Sohnes: Unfall im Ausland – Bluttransfusion – Sorge – Diagnose – Schock – Medikamente – Verfall des Kindes ...

Der Verein fordert nun Eltern auf, sich zusammen zu schließen. Dass es kein eingetragener Verein ist, würden die meisten kaum bemerken, wenn sie den Unterschied überhaupt kannten.

Auch die Reaktionen anderer Mütter und Väter sowie die Geschichten derer Nachkommen hat Peter selbst verfasst.

Ganz aktuell hat er einen Beitrag gepostet, in dem er jemanden sucht, der ihn mit der Vereinsarbeit unterstützt, weil er es einfach nicht mehr schaffe, so viel Zuwendung brauche sein Sohn inzwischen.

Erfreut stellt Peter fest, dass schon einige echte Geschichten ihren Weg auf die Seite gefunden haben und ein reger Austausch entstanden ist.

Die paar hundert Euro für das hohe Ranking in der Trefferliste der großen Suchmaschinen sind scheinbar gut investiert.

Als Unterstützer haben sich zwei Väter und eine Mutter angeboten.

Die Frau ist aus Berlin. Das kommt nicht in Frage, dort sind die Menschen besonders kritisch. Das hat er in vergangenen Projekten schmerzlich erfahren müssen. Der Mann aus Bayern ist allerdings ebenfalls ungeeignet. Er würde im Rest der Republik schwer verstanden. Seine Wahl fällt auf den anderen Vater im Ruhrgebiet.

Andreas wünscht sich ein persönliches Treffen, also wird Peter morgen zu der Klinik fahren, in der dessen Tochter zur Zeit wieder einmal liegt.

Dann kann er gegebenenfalls auch selbst nachsehen, was mit dieser Siehlmann los ist.

Kaum ist der Gedanke durch seinen Kopf gehuscht, wird ihm klar, dass das unnötig ist. Er erscheint nur öffentlich, wenn es unumgänglich ist. Einen Blick aus der Deckung auf sie zu werfen ist trotzdem eine Idee.

Peter ruft erneut die Datenbank der Organisation auf. Seine Erinnerung hat ihn nicht getrogen. Neben dem Namen Karola Siehlmann ist eine Verknüpfung angelegt. Nach einem Klick findet er das Bild des Reisepasses von Karola. Leider wurde der Pass 2002 ausgestellt. Das Foto ist weder biometrisch noch besonders aussagekräftig. Es könnte ebenso gut von ihrer Mutter sein.

Auf öffentliche Kameras kann er nicht zugreifen, da sich die Stadt Witten damit brüstet keine Überwachung zu benötigen. Stattdessen gibt es reichlich private Kameras. Die müssten jedoch jeweils einzeln gehackt werden. Das ist den Aufwand nicht wert.

Möglicherweise sollte er Ole beauftragen, ein Foto von ihr zu knipsen ...

Mal sehen, ob der heute was Brauchbares berichtet, überlegt Peter, während er die Mails, diesmal aus Kanada, abruft. Da gibt es tatsächlich eine Nachricht von ihm. *Frau trift sich mit Mädchen und Muter. Renken heisen die. Rosa und Virginia. Warn inna Stadt einkaufen und spasiren.*

Aus einem anderen Mailkonto erteilt er den Auftrag, Ole eine kleine Menge seiner Droge zukommen zu lassen.

Peter wechselt noch einmal zur Datenbank. Er tippt den Namen *Renken* mit den Vornamen nacheinander in die Maske ein. Zu beiden gibt es keine relevanten Informationen. Anscheinend verfolgt Karola die Ziele ihrer Eltern nicht weiter, zumindest nicht im Moment.

Soll er sie sich trotzdem anschauen? Gegebenenfalls könnte er ihr Geld anbieten. So etwas erledigt er sowieso immer eigenhändig. Dafür sind subtile Fähigkeiten vonnöten.

Peter seufzt und muss sich erneut eingestehen, dass es keinen vernünftigen Grund gibt nach Witten zu fahren. Warum sollte er Karola Geld anbieten, wo sie doch Nichts unternimmt? Außerdem würde sie es niemals annehmen, wenn sie auch nur ein bisschen so ist wie ihre Mutter. Weshalb spukt ihm diese Frau im Kopf herum? Er greift zum Hörer, um Kitty ein Treffen mitzuteilen. Sie erliegt regelmäßig seinem Charme. Schon das daraus resultierende Gefühl der Macht törnt ihn an und beschert ihm gepaart mit ihrer Hingabe ein Höchstmaß an Erregung. Die kann er dann auf vielfältige Art im Liebesspiel mit ihr abarbeiten. Nachdenken ist dabei unmöglich. Diese Siehlmann würde weder das eine noch das andere tun. Zudem ist sie drei Jahre älter als er und inzwischen womöglich fett.

Besonders gleich

Rosa lauert seit zwanzig Minuten an der Wohnungstür. Eigentlich müsste ihre Mutter längst da sein. Da hört sie den Schlüssel im Schloss.

Virginia hat die Tür kaum einen Spalt geöffnet, als Rosa sie anspricht:»Mama, du musst mir unbedingt helfen!«
»Moment, Rosa. Lass mich erst ankommen«, bittet Virginia mit müder Stimme.»In fünf Minuten in der Küche, in Ordnung?«
»Na, gut«, seufzt Rosa gedehnt.

Sie hockt sich wartend auf den Küchenstuhl. Da fällt ihr der lösliche Cappuccino ein. Mit Vincent zusammen hatte sie ihrer Mutter eine Packung mit verschiedenen Geschmacksrichtungen des Kaffeegetränks zu Ostern geschenkt. Sie schaltet den Wasserkocher an.

Dann stellt sie einen Keramikpott samt Löffel und der Pappschachtel mit den Portionspackungen bereit.

Virginia kommt kurze Zeit später.
»Das ist lieb von dir«, sagt sie lächelnd, während sie sich setzt.»Machst du mir bitte die Sorte Haselnuss? Die spricht mich jetzt am meisten an.«

Rosa gibt den Inhalt des entsprechenden Beutels in den Becher, gießt das heiße Wasser darüber und rührt kräftig um.

Als sie Virginia das Getränk reicht, kann sie sich nicht mehr zurückhalten:»Mama, du hast gestern gesagt, dass wir Menschen immer beides sind: rücksichtsvoll und egoistisch und so weiter. Ich hatte mit Karasi ausgemacht, dass ich diese Liste schreibe ... Aber was soll ich da aufschreiben, wenn ich doch alles bin?«

Rosa hatte inzwischen Stunden über das Problem nachgedacht. Sie will sich selbst und die Welt so gern besser verstehen. Unruhig sitzt sie da und verknotet ihre Finger ineinander.

Virginia schmunzelt. Sie trinkt noch einen Schluck. »Es gibt gewiss Adjektive, von denen du dich beschrieben fühlst, bei deren Gegenteil du jedoch widersprechen würdest. Schreib doch zuerst auf, was du Positives von dir denkst.«

»Das ich kreativ bin?«

»Ja, zum Beispiel. Es tut gut das schwarz auf weiß zu sehen. Danach kannst du die Lücken suchen, also die Eigenschaften, die du als *nicht zu dir gehörend* ansiehst. Das sind dann nämlich die, die von außen an dich herangetragen werden.«

»Und was soll ich da schreiben?«

»Rosa, findest du dich hübsch?«

»Nicht besonders ... Also eigentlich gar nicht.« Das Mädchen verzieht das Gesicht. »Heißt das, dass mir nun alle Leute sagen, dass ich es bin?«

Virginia lacht. »Nein, meine Kleine. Das Gegenteil sieht in diesem Fall anders aus. So gäbe es ja keinen Grund zum Lernen. Eher werden Menschen dich so behandeln als seist du ständig so hässlich, wie du es bist, während du im Streit Vincent anschreist.«

Sie rührt in der Tasse, bevor sie weiter spricht: »Ich sehe, fast immer, eine hübsche junge Frau, wenn ich dich anschaue, aber du siehst dich nicht so. Demzufolge wäre es geschummelt, zu behaupten du seist beides: hübsch und hässlich. Das zu erkennen ist der Sinn der Liste, denke ich.«

Rosa nickt nachdenklich. »Also ist es ein Unterschied, im Kopf zu wissen, wie es eigentlich ist und es wirklich ... zu wissen. Ich kann das nicht so gut sagen«, jammert sie.

»Du hast das sehr verständlich gesagt«, beruhigt Virginia. »Nun weißt du sicher einiges, das du aufschreiben möchtest.«

Rosa lächelt und steht auf. Es klang so verlockend, als Karasi sagte, es ginge darum herausfinden, wer sie ist und was sie begeistert. Dass das so anstrengend, ja geradezu schmerzvoll sein würde, hatte sie nicht geahnt. Aufhören ist jedoch keine Option. Nachdem sie einmal diesen Weg betreten hat, ist umkehren unmöglich, das spürt sie genau. Vielleicht wird sie Umwege machen oder Pausen einlegen, aber sie wird gehen. Immerhin ist sie nicht allein unterwegs.

»Rosa«, hält ihre Mutter sie zurück. »Der Cappuccino schmeckt lecker. Das war eine tolle Idee von euch.«

»Ach Mama«, ruft Rosa, läuft zu ihr und umarmt sie, bevor sie in ihr Zimmer saust.

Entbunden gebunden

Es dämmert bereits. Karasi ist sicher, dass Bruno schon heute zurückkommen wird, nicht erst morgen, wie abgesprochen. Sie setzt sich mit einer Tasse Tee ans Fenster der Gartenhütte und schaut hinaus. Gespannt erwartet sie, was Bruno zu erzählen hat. Hoffentlich ist es ihm gut ergangen, trotz der speziellen Situation in der Familie.

Bruno hatte ihr seine Geschichte schon vor Jahren erzählt: Er ist der Sohn einer deutschen Mutter und eines niederländischen Vaters. Sein älterer Bruder wurde vom Vater Henk genannt. Seinen, Brunos Namen, hatte die Mutter ausgewählt.

Vielleicht war es Zufall, dass Henk nach dem Vater kam und Bruno eher nach der künstlerisch begabten Mutter.

Der alte de Reus hatte mit viel Einsatz einen Laden für Radio- und Fernsehtechnik aufgebaut. Er träumte davon, das Geschäft einmal *de Reus & Zonen*, also Söhne, zu nennen.

Als Henk alt genug wurde dort mitzuarbeiten, wollte er den Laden unbedingt, um eine Abteilung für Elektronikbauteile erweitern.

Es wurde umgebaut und ein nötiger Vorrat der Bauteile angeschafft. Die Investition belief sich auf rund 20.000,- Gulden.

Bruno hingegen erfuhr vom Vater, dass er keine Unterstützung für seine Hirngespinste bekommen würde.

Genau zu diesem Zeitpunkt bekam Bruno die Möglichkeit an einer privaten Kunstakademie in Deutschland zu studieren. Wochenlang grübelte er, wie er die Chance nutzen könnte, während ihm die Zeit davonlief. Einen Tag vor Ablauf der Anmeldefrist, packte er ein paar Sachen.

Mit klopfendem Herzen drehte er die Nummernscheibe am Safe im Schlafzimmer der Eltern. Seine lang gehegte Vermutung bestätigte sich, die Ziffern des Codes bestanden aus Henks Geburtsdatum.

Überrascht betrachtete er den hohen Geldbetrag, der dort lagerte, weil er keiner Bank übergeben werden konnte. Auf den Gulden genau nahm er die Summe, die sein Bruder als Startkapital für seinen Traum erhalten hatte und verließ die Familie.

Zwanzig Jahre später hatte Bruno sich einen Namen in der Kunstszene Hollands gemacht. Die Einnahmen durch die Verkäufe seiner Werke reichten aus, um davon zu leben.

Da bot die Verwandtschaft ihm die Rückkehr in ihren Schoß an. Die Vergangenheit wurde totgeschwiegen. Brunos Versuche darüber zu reden stießen auf taube Ohren. Sagte er etwas Entsprechendes, wurde einfach das Thema gewechselt.

Weitere zwanzig Jahre wollte er nicht auf den Kontakt verzichten, also arrangierte er sich mit der Situation.

Allerdings fürchtete er, dass es bei irgend einem Treffen zum Eklat kommen könnte. Ewig würden sich die alten Gefühle nicht verdrängen lassen. Seine eben sowenig wie die seiner Familie.

Inzwischen ist es dunkel. Karasi zündet eine Kerze an. Früher war das üblich, um Familienmitgliedern den Heimweg zu weisen. Sie lächelt bei dem Gedanken.

Um sich die Zeit zu vertreiben, nimmt sie den Flyer zur Hand, den Virginia ihr gab.

Obenauf prangt der Titel: Hochsensibilität.

Es wird beschrieben, dass ein Teil der Menschen mehr empfindet als andere, mehr Emotionen, mehr Schmerz ...

Der Unterschied wird so verbildlicht: *Die meisten Menschen haben eine ein Zentimeter dicke Haut, bei hochsensiblen sei sie nur einen Millimeter dünn.*

Irgendwann lässt Karasi das Blatt sinken. Sie kann kaum sehen, weil Tränen in ihren Augen stehen. Sie fühlt sich erkannt.

Aber es gibt auch noch ein anderes Gefühl – einen Widerstand.

Sie braucht einen Moment, bis sie ihm auf die Spur kommt. Sie will nicht in eine Schublade gesteckt werden. Nach dieser Beschreibung gäbe es den Stempel *hochsensibel* oder *normal-sensibel.* Was ist mit allem, was dazwischen liegt? Konnte sich ein Mensch nicht weiter entwickeln und sensibler werden? Vielleicht sogar, weil er dies gern wollte?

Darüber möchte sie unbedingt mit Bruno sprechen. Sie freut sich auf ihn, ihre Gespräche und die Nähe. Ebenso auf seinen Körper, der ihren so wunderbar ergänzt.

Früher hatte sie Affären, kurze Abenteuer, die sie einging, um umarmt und gehalten zu werden. Sex war der Preis, den sie dafür zahlte.

Mit Bruno hatte sich das gewandelt. Sie erforschten sich gegenseitig, als seien sie die ersten Liebespartner für einander. Es gefiel ihnen, was sie entdeckten. Daran hat sich bis heute nichts geändert. Lediglich die Intensität ihrer Begegnungen variiert zwischen leidenschaftlich und zärtlich. Bei diesen Gedanken läuft Karasi ein Schauer über den Rücken.

Wo Bruno nur bleibt?

Ein Scheppern auf dem Hauptweg alarmiert Karasi. Aus dem Fenster schauend, erkennt sie eine dunkle Gestalt, die davon huscht. Dann ist es still.

Karasi ist beunruhigt. Mit einer frischen Tasse Tee nimmt sie wieder Platz, als sie ein leises Scharren im Garten hört.

Durch das Fensterglas erblickt sie einen Schatten, der sich der Hütte nähert.

Bruno! Sie läuft ihm entgegen und fällt ihm um den Hals.

»Hallo, mijn Liefje«, begrüßt er sie mit sanfter Stimme.

Karasi schmiegt sich an ihn. »Ich bin so froh, dass du da bist, Dashur.«

Nachdem Karasi Bruno einen Tee eingegossen hat, sitzen sie so dicht beieinander, wie es die beiden Monoblockstühle zulassen.

Sie hält ihre Tasse in der rechten Hand, er seine in der linken. Ihre freien Hände sind ineinander verschlungen.

»Du siehst müde aus.«

»Bin ich auch. Es war anstrengend«, erklärt er. »Ich hätte damals darauf bestehen sollen, das alles ausgesprochen wird, was zwischen uns steht. Diese unterschwelligen Vorwürfe machen mich fertig.«

»Von deinem Vater wieder?«

»Ja und von Henk. Aber es ist so wenig greifbar, dass ich kaum weiß, wie ich nachfragen kann. Versuche ich es trotzdem, habe ich mir die Bemerkung natürlich eingebildet. Das glaube ich jedoch nicht.« Bruno fährt sich mit den Händen durchs Gesicht. Danach schaut er sie an, als suche er ihre Zustimmung.

»Wenn du es so empfindest, empfindest du es so. Ich erlebe dich nie als jemanden, der sich etwas einbildet«, pflichtete sie ihm bei. »Vielleicht hilft es dir, mit mir zusammen dort zu sein. Dann kann ich jedenfalls sagen, ob du dir irgendetwas einbildest oder besser, wie ich die Situation wahrnehme.«

»Ja, lass uns wirklich den Rückweg durch Holland nehmen. Ich fand die Fahrt über die A 40 interessant. Ich konnte viele Industriedenkmäler von der Autobahn aus sehen. Bereits die entlang der Strecke aufgereihten Städte sind spannend.«

»Abgemacht.«

»Es tut mir leid, Precious. Ich hatte mich so auf dich gefreut, aber nun bin ich keine angenehme Gesellschaft.«

»Ich ebenso wenig«, gibt Karasi zu. »Hey, das hebt sich gegenseitig auf. Minus mal minus gleich plus«, behauptet sie grinsend.

»Wir sind doch nicht Mathe!«, entgegnet Bruno, muss jedoch schmunzeln.

»Was hast du erlebt?«, erkundigt er sich.

Karasi erzählt von ihrem Besuch bei Frau Lange im Krankenhaus und wie gerührt die alte Dame war, als sie die Fotos von ihrem Garten sah. »Sie hat mehrmals erklärt, dass wir gerne in der Hütte bleiben können, auch wenn sie selbst in der nächsten Woche entlassen wird.«

»Klasse!«

»Anschließend hatte ich einen längeren Aufenthalt in einer Telefonzelle«, schildert Karasi ihre Erlebnisse weiter. »Ich rief zuerst beim Gewerbeamt an. Dort wurde ich ans Gesundheitsamt, später ans Finanzamt verwiesen. Jedenfalls scheint keine Behörde noch Unterlagen aus dem Jahre 1976 zu haben.«

»Wenn doch, dann sicher in irgend einem muffigen Keller, in den niemand hinabsteigen will.«

Karasi nickt. Sie hatte so gehofft auf diesem Weg etwas über ihre Mutter in Erfahrung zu bringen.

»Ich telefonierte noch weiter. Vierzehn Menschen mit dem Nachnamen *Sommer* stehen im Telefonbuch. Zehn konnte ich erreichen – keiner kannte meine Eltern. Manche schienen genervt, andere waren einfach nur kurz angebunden. Nur ein älterer Herr wollte es genau wissen. Leider musste er mir mitteilen, dass er mit fast allen Sommers in Witten verwandt sei, von Mama und Papa jedoch nie gehört habe.«

»Oh je und ich war nicht bei dir, Liefje«, seufzt Bruno.

»Womöglich muss ich mich damit abfinden niemals mehr zu erfahren«, murmelt Karasi.

Wirklich bereit ist sie dazu noch nicht.

»Wie war es denn mit deinem Agenten? Hast du etwas verkauft?«

»Meine Arbeiten sind ein paar Tage vor mir wohlbehalten bei Ruben angekommen und stell dir vor, ein Interessent hat quasi darauf gewartet. Der hat dann sogar zwei Werke gekauft.« Brunos Augen funkeln vor Stolz.

»Wow, das ist fantastisch«, freut sich Karasi mit ihm. »Welche hat er genommen?«

»Das Aquarell, das ich malte, als die Wolken so besonders schön standen und das Gouache oben auf dem Hügel mit den Mauerresten und der Schafherde.«

Karasi nickt. Sie kennt die Bilder, hat ihre Entstehung miterlebt sowie die Freude, wenn sie fertiggestellt waren. Dabei hatte sie gelernt, dass Gouache eine Farbe mit gröberen Pigmenten ist, die dem fertigen Bild eine samtartige Oberfläche verleiht.

»Dienstagabend gab es noch eine kleine Vernissage. Ich konnte viele Fragen beantworten ... alles so wie immer.«

»Was interessiert die Ausstellungsbesucher?«

»Ob es dort wirklich so ausschaut? Wie ich die Motive auswähle? Und meine Lieblingsfrage: Ob es schwer ist so zu malen? Ich gebe mir Mühe höflich zu antworten – jedes Mal wieder.«

Bruno zieht die Mundwinkel künstlichen nach oben. Dann erobert ein echtes Lächeln sein Gesicht zurück. »Nur der Käufer der beiden Bilder hat mich überrascht. Er fragte, ob das Meer so warm ist, wie es aussieht und wie es auf dem Hügel riecht.«

»Oh je«, lacht Karasi. »Ein Geruch ist schwierig zu beschreiben. Allerdings habe ich ihn sofort in der Nase, wenn ich daran denke. Dass das Meer warm aussieht, liegt an der Leuchtkraft der Aquarellfarben, oder?«

Bruno küsst sie auf die Wange. »Du bist eine gelehrige Schülerin«, scherzt er.

»Ja und jetzt male ich, was ich am besten kann: Traumbilder.«

Gezieltes streuen

Genervt schlägt Peter die Autotür zu.

Es ist bereits neun Uhr. Wegen des Staus hatte er fast vier Stunden von Frankfurt nach Düsseldorf gebraucht. Nun steht er auf dem Parkplatz der Kinderklinik und blickt prüfend in den Nieselregen. An die hundert Wagen parken hier. Niemand beachtet ihn. Behände klettert er in den Fond des Q7. Dort zieht er die blaue Jeans und das Sweatshirt aus einem Kaufhaus an. Anschließend stülpt er sich eine blonde Perücke über. Dazu setzt er eine Hornbrille auf. Ein Koffer beinhaltet weitere Utensilien aus dem Theaterbedarf, aber hier wird das sicher ausreichen. Seiner Erfahrung nach, sehen einen die Menschen sowieso nie genau an, achteten eher auf besonders auffällige Details.

Einige Minuten später erreicht Peter die Station für infizierte Kinder. Er sucht den Kaffeeautomaten, den er in einer Erweiterung des weiß gestrichenen Flurs findet. Die wenigen blauen Plastikstühle daneben laden nicht zum Verweilen ein. Trotzdem sitzt dort ein Ehepaar. Ein Mann hat den Arm um eine Frau gelegt, die weint.

Peter reicht ihr verständnisvoll lächelnd ein Taschentuch. Fünf Minuten später kennt er die gesamte Krankengeschichte ihrer Tochter Mira.

Er selbst erzählt von seinem erfundenen Sohn. »Der kleine Tim ist so ein guter Junge. Aber was ist das Richtige für ihn? Wissen Sie, man hört doch jetzt immer häufiger, dass die Medikamente am Zustand der Kinder schuld sind. Meine Frau ist vollkommen durcheinander. Sie denkt darüber nach ihn nicht weiter behandeln zu lassen. Wir streiten ständig deshalb.« Der bekümmerte Gesichtsausdruck gelingt Peter gut.

»Es ist schrecklich, dass manche Leute so einen hanebüchenen Blödsinn verbreiten. Die Ärzte wissen schließlich am besten, was zu tun ist. Der Mira ginge es niemals so gut ohne die Medikamente«, ruft Frau Grünwald entrüstet.

»Ich glaube ja, dass Sie Recht haben. Deshalb will ich mir das Krankenhaus hier anschauen. Vielleicht kann ich meine Frau noch zur Vernunft bringen.«

Eifrig berichten Vater und Mutter von ihren positiven Erlebnissen.

»Vielen Dank. Das hilft mir sehr. Es gibt eine Homepage ... Können Sie sich vorstellen dort etwas von Ihren Erfahrungen zu schreiben? Anderen Eltern würde das bestimmt auch helfen.«

Herr Grünwald zückt sofort sein Handy und ruft die genannte Seite auf. »Das erledige ich noch heute Abend«, verspricht er.

Danach verabschieden sich die beiden, um zu ihrer Tochter zurückzugehen.

Peter führt ein ähnliches Gespräch mit der Mutter von Alice und dem Vater von Kevin.

Die Story, die er erzählt, bleibt die gleiche. Er hat gelernt, dass Lügen so leichter zu behalten sind. Der passende Ausdruck, diesmal qualvoll, fällt ihm nicht schwer. Seine Kleidung drückt und reibt. Unvorstellbar solche Billigklamotten immer tragen zu müssen.

Dann hat er genug von den öden Krankenhausfluren mit ihrem Geruch nach Desinfektionsmitteln und den leiderfüllten Gesichtern der Eltern. Also dreht er eine kleine Runde im Park.

Um 11:25 Uhr macht er sich auf den Weg zur Cafeteria, um Andreas zu treffen.

Dieser ist schnell einverstanden, das Projekt komplett zu übernehmen, damit Peter Zeit hat seine erfundene Frau auf den rechten Weg zurückzubringen. Nur so kann schließlich

Timmys Leben gerettet werden. Peter muss sich diesmal heftig auf die Wange beißen, um nicht zu grinsen. So einfältig sind diese Menschen.

Sie versprechen einander in Verbindung zu bleiben, nachdem Andreas alle Passworte für die Homepage der HIV-Kids erhalten hat.

Peter verlässt die Klinik. In Gedanken streicht er einen weiteren Punkt von seiner Liste.

In einigen Wochen wird er einen der freien Reporter, samt Kameramann auf die Geschichte ansetzen.

Sicher wird sich irgend ein Sender finden, der die Story ausstrahlt. Zusätzlich lässt sich das Ganze im Internet verbreiten. Im November, vor diesem Anti-Tag, wird er die Sache erneut puschen. Vielleicht ist eines der Kinder zwischenzeitlich verstorben. Notfalls ist das eben eine Falschnachricht. Hauptsache die Gemüter sind bewegt. Da spielt Wahrheit nur eine untergeordnete Rolle.

Inzwischen regnet es in Strömen und Peter beeilt sich, um zum Audi zu gelangen. Als er einsteigt, kommt ihm ein Gedanke. Er holt das Handy mit der nicht auf ihn registrierten Nummer aus dem Handschuhfach und schaltet es ein. Problemlos verbindet ihn die Telefonauskunft mit dem Gewerbeamt in Witten, das in diesem Fall *Gewerbeabteilung des Ordnungsamtes* heißt.

Mit bemüht unsicherer Stimme sagt Peter: »Guten Tag, Thomas Siehlmann hier. Ich wollte fragen, ob meine Mutter bei Ihnen eine Praxis als Heilpraktikerin angemeldet hatte. Das ist allerdings viele Jahre her. Sie ist nämlich tot, müssen Sie wissen.«

»Dafür sind wir nicht zuständig. Das erklärte ich Ihrer Schwester auch schon. Sprechen Sie sich doch mit ihren Angehörigen ab, bevor hier jeder einzeln anruft«, tönt es ihm genervt aus dem Lautsprecher entgegen.

Genau das hatte er in Erfahrung bringen wollen.

Kurzerhand entscheidet er sich, die Verkleidung anzubehalten und den kurzen Umweg über Witten zu fahren. Peter nimmt die A 46, auf der er weniger als eine Stunde braucht. Sein Navi lotst ihn zur Dirschauer Straße, nahe der Gartenkolonie. Den Audi stellt er auf einem kleinen Platz an der Gabelung ab. Sowohl von der Straße, als auch den Wohnhäusern aus, ist er hier kaum zu entdecken. Vorsicht ist ihm zur Gewohnheit geworden.

Nun wird er gleich diese Siehlmann sehen. Ihr Verhalten kommt ihm unlogisch vor. Wenn sie etwas vor hat, warum zögert sie. Wenn nicht, ergibt die telefonische Nachfrage keinen Sinn.

Die Umgebung ist menschenleer um die Mittagszeit. Peter greift erneut zum Koffer. Hier will er sich sorgfältiger unkenntlich machen. Vorsichtig legt er hellblaue Kontaktlinsen ein. Außerdem trägt er eine Theaterschminke auf, die die Haut pockennarbig wirken lässt. Er hasst jegliche Schminke, weil er dann aufpassen muss sich nicht ins Gesicht zu fassen. Nachdem die Schicht angetrocknet ist, setzt er die Brille wieder auf. Prüfend betrachtet er sein Werk im Spiegel. Er erkennt sich selbst kaum.

Noch einmal rückt er die Perücke zurecht und verlässt den Pkw. Der Himmel ist von dunklen Wolken verhangen, aber es scheint trocken zu bleiben.

Den Eingang zu den Gärten findet er sofort. Leider ist niemand zu sehen, sodass er nicht nach der Siehlmann fragen kann.

Also biegt er rechts in den Hauptweg. Von diesem zweigen links mehrere Wege ab.

Weit vorn sieht er eine alte Frau. Als er sie erreicht, spricht er sie höflich an:»Guten Tag. Können Sie mir vielleicht helfen, ich suche eine Karola Siehlmann. Die wohnt hier zur Zeit in einem der Gärten«.

»Ja, ja, die kenn ich. Dat is aba ganz da hinten junga Mann. Kommse ma mit, ich zeich Ihnen dat«, erklärt sie und läuft los.»Ich bin aba nich mehr de jüngste, also dauert et en bisken. Mein verstorbener Mann hat imma jesacht, Ilse, hatta jesacht, mit dir komm ich kaum mit. So war dat früher. Heut' is et anders.«

Er folgt der alten Dame durch einen der Seitenwege. Auf dem nächsten quer laufenden Weg hält sie an, geradeaus zeigend.

»Da vorne müssen Se hin. Ganz annet Ende, rechts. Dat is ne nette Frau. So viel Ahnung vonne Pflänzken.«

»Danke«, sagt Peter und entfernt sich, bevor sie weiter sprechen kann.

Als er sich besagtem Grundstück nähert, entdeckt er einen Mann, der soeben Geschirr von einem Tisch auf ein Tablett stellt.

»Hallo«, ruft er.

Der Mann sieht ihn an. »Ja, bitte.«

»Ich suche eine Frau Siehlmann. Kennen Sie die?«

»Ja, einen Moment«, antwortet er und verschwindet in der Hütte.

Beinahe sofort erscheint eine Frau. Ihr Anblick, fährt wie ein elektrischer Schlag durch Peters Körper. Er schnappt nach Luft.

»Sie sehen aus wie Ihre Mutter«, platzt er heraus. Dann räuspert er sich und beginnt mit seinem Text: »Guten Tag. Mein Name ist Fleischer, Hartmut Fleischer.«

»Was kann ich für Sie tun?« Karola, wie er sie bei sich nennt, hat ein bezauberndes Lächeln.

»Nun, ich ... oder besser gesagt mein Vater, kannte Ihre Mutter. Sie haben damals zusammen gearbeitet. Wissen Sie denn nichts davon?«

»Nein.«

»Ja, mein Vater war ebenfalls medizinisch tätig.« Peter kommt langsam ins Schwimmen. Normalerweise reicht es aus, den Leuten ein paar Brocken hinzuwerfen und sie fangen an zu reden. Im Allgemeinen ist dann auch etwas Brauchbares für ihn dabei.

»Aha und weshalb kommen Sie zu mir?«, fragt Karola nun.

»Wissen Sie, mein Vater ist bei einem Brand ums Leben gekommen. Bei dem Unglück sind sämtliche Unterlagen verbrannt. Viele entstanden in der Zusammenarbeit mit Ihrer Mutter. Papa wollte mich in die Forschungen einführen. Ich sollte sein Lebenswerk fortsetzen. So gesehen war sein Tod eine doppelte Tragödie. Jetzt wüsste ich gern, ob Sie noch Schriftstücke Ihrer Mutter haben?« Peter ist sicher, dass sie auf diese rührselige Geschichte anspringen wird.

»Es tut mir leid, was Ihnen widerfahren ist. Ich besitze keinerlei Papiere von meinen Eltern und kann Ihnen insofern nicht weiterhelfen. Ich wünsche Ihnen alles Gute«, erklärt Karola.

»Ja, dann ...«, stottert Peter. Er greift mechanisch nach der dargebotenen Hand. Die kurze Berührung lässt ihn vollkommen verwirrt zurück.

Er schaut Karola hinterher, die in die Gartenhütte zurückkehrt. Sie hatte ihn freundlich ins Leere laufen lassen. Jetzt weiß er immer noch nicht, was er von ihr halten soll. Sie konnte ihn unmöglich durchschaut haben. Was hat sie nur vor?

Erst nach mehreren Atemzügen ist er in der Lage sich auf den Rückweg zum Auto zu machen. Dabei entdeckt er einen Mann mit Dreadlocks hinter einem Baum, der wartend in Richtung der Gärten stiert.

Sicher ist das Ole. Peter ist froh, dass der ihn übersieht.

»Bruno, hast du alles mitbekommen?«, fragt Karasi, als der Fremde fort ist.

»Ja, Snoepje.«

»Das war seltsam. Der wollte irgendetwas heraus bekommen. Es gibt ein Geheimnis um meine Eltern, zumindest meine Mutter.«

»Meinst du wirklich? Der Typ sah ziemlich vom Leben gebeutelt aus.«

»Ich bin mir sicher, dass er nicht aufrichtig war.«

»Hast du ihm extra die Hand gegeben?«

»Ja, ich dachte, ich könnte so etwas erfahren. Aber es herrschte totales Chaos. Einige Bilder kristallisierten sich heraus: eine schicke Frau mit Strähnchenfrisur sowie das Gemälde eines Mannes. So habe ich das noch nie erlebt.«

»Was machen wir denn jetzt?«, fragt Bruno und schließt sie in die Arme.

»Seinetwegen?«, sie zeigt in die Richtung, in die der Fremde verschwunden ist. »Keine Ahnung, Ylli.«

»Triffst du dich trotzdem gleich mit Rosa?«

»Ja«, antwortet sie schlicht und beginnt zu lächeln. »Doch vorher möchte ich dir noch etwas geben.«

Aus einem Topf holt sie eine Hand voll kleiner Päckchen.

»Salziges Karamell. Ich hatte welche zu Rosa und ihrer Familie mitgenommen, aber natürlich ein paar für dich zurückgelegt.«

»Oh, wie schön. Ich liebe diese Bonbons fast so sehr wie dich«, raunt er und küsst Karasi temperamentvoll.

Wiedersehen ohne Abschied

Am Eingang zum Schwesternpark hüpft Rosa aufgeregt auf den Schatten der Bäume herum. Durch den leichten Wind muss sie ihre Position ständig verändern, um nicht auf einen der Sonnenflecke zu treten. Da entdeckt sie Karasi und läuft ihr entgegen.

»Hallo! Ich habe bisher nicht dran gedacht dich zu fragen: Bist du zu meinem Geburtstag noch hier? Ich möchte so gerne, dass du dann kommst.«

Karasi umarmt sie liebevoll. »Ganz ruhig«, flüstert sie. »Wann hast du denn Geburtstag?«

Rosa macht sich frei. »Am dreizehnten, dem blödesten Datum, das es gibt.«

»Wieso?«

»Na, weil die dreizehn doch eine Unglückszahl ist«, erklärt Rosa heftig.

Sie setzen sich in Bewegung und schlendern durch den Park.

»Das finde ich nicht«, widerspricht Karasi. »Früher wurde die Zeit nach dem Mondlauf gemessen. Ein Zyklus von Vollüber Neumond und zurück, bildete einen Monat. Die Mondgöttin selbst stellte man mit drei Gesichtern dar: Der zunehmende Mond war die Jungfrau, Vollmond die Mutter und abnehmender Mond die alte Heilerin. In vielen Sprachen heißt es darum noch heute *die Mond*. Zudem gab es besondere Feste, alles abgestimmt auf den Jahreslauf, der mal zwölf, mal dreizehn Mondmonate dauerte. Als Männer mehr und mehr die Herrschaft übernahmen, begann eine neue Zeitrechnung mit zwölf Sonnenmonaten und ausschließlich männlichen Göttern. Deshalb ist die Zahl *dreizehn* für mich zutiefst weiblich und wundervoll.«

Sie strahlt Rosa an. »Zu deinem Geburtstag komme ich sehr gerne.«

Seit vielen Jahren missfällt Rosa das Datum. Bisher wusste sie nur vom Unglück durch die Ziffernfolge und dass es darum häufig weder Zimmer noch Stockwerke mit der Nummer gibt. Weshalb hatten sie in keinem Schulfach von dieser mondbestimmten Zeit gesprochen? Zum Glück hat sie noch etliche Geburtstage vor sich, an denen sie sich über das Datum freuen kann.

»Was du immer alles weißt«, staunt sie. »So betrachtet ist es schön am dreizehnten Tag des Monats geboren worden zu sein.«

Karasi lächelt.

Sie folgen dem Bachlauf in Richtung des großen Teichs.

»Ich las letzte Woche etwas über einen blauen Mond. Hast du den schon mal gesehen?«

»Ja. Wobei der jedoch nicht blau aussieht. Im englischen Sprachraum benutzt man die Redewendung: *Once in a blue moon* für seltene Ereignisse.«

»Und was ist das nun?«

»Der Mondmonat ist wie gesagt kürzer als der Sonnenmonat. Etwa jedes dritte Jahr, gibt es aus diesem Grund dreizehnmal einen vollen Mond. Wenn dann in einer Jahreszeit ein vierter Vollmond aufgeht, ist er der *Blue Moon*.«

»Ich glaub', da stand, im aktuellen Jahr ist das so.«

»Das stimmt nicht ganz. Was ich dir eben erzählte, ist die alte Berechnung. Nach der ist der besondere blaue Mond erst im Juni 2016. Irgendwann, ich meine 1946, hat jemand verbreitet, dass der zweite Vollmond in einem Monat etwas Außergewöhnliches ist. Danach wäre es im Juli so weit.«

»Weshalb stellt das niemand richtig?«

»Rosa, ich weiß es nicht. Wahrscheinlich ist es so einfacher. Man muss weniger überlegen.«

»Hm«, macht Rosa. Das Verhalten vieler Menschen ist ihr unbegreiflich. Warum wollen es alle für sich möglichst bequem haben? Dabei werden Konsequenzen in Kauf genommen, die unabsehbar sind und auch andere Personen betreffen.

Zum Glück unterbricht Karasi ihre Gedanken, die sie regelmäßig traurig machen.

»Ich kann dir noch was Interessantes dazu erzählen. Im Februar 2018 wird es gar keinen Vollmond geben, dafür im Januar und im März jeweils zwei. Das kommt auch relativ selten vor. Nach der populären Ansicht gäbe es in dem Jahr dann zweimal einen blauen Mond. Ich bin gespannt, ob das so angekündigt wird.« Karasi lacht.

»Ist gar nicht lustig, wenn alles falsch erzählt wird«, schimpft Rosa.

»Das macht doch niemand absichtlich«, beschwichtigt Karasi. »Unsere Festtage werden inzwischen ebenfalls nicht mehr nach dem Mond berechnet, sondern sind bis auf Ostern an fixen Daten. So weiß jeder Bescheid. Es steht dir ja frei, an den anderen Tagen zu feiern oder dir den Mond anzuschauen.«

»Stimmt auch wieder.«

Rosa sieht sich um und bittet: »Kannst du mir noch mehr über Pflanzen erzählen?«

»Na gut. Ihr benutzt doch sicher Oregano und Basilikum?«

»Ja, für Pizza und Nudelsauce«, ruft Rosa begeistert.

»Oregano wirkt antiseptisch. Ein Auszug kann äußerlich bei Wunden oder innerlich bei Zahnfleischentzündungen und Halsschmerzen angewendet werden. Ein Tee daraus tut bei Verdauungsbeschwerden gut, wenn er zehn Minuten nach den Mahlzeiten getrunken wird.«

»Das ist ja toll. Und Basilikum?«

»Das stärkt die Nerven und hilft bei Frauenleiden, also Problemen in den Wechseljahren und Menstruationsbeschwerden.«

»Oh, das merke ich mir.«

Karasi erzählt noch ein wenig über Thymian und Liebstöckel, dann gehen sie schweigend nebeneinander her.

»Hast du deine Liste schon angefangen? Ich meine: Hat dir das Nachdenken darüber etwas gebracht?«, fragt Karasi.

»Ja, ich habe mit Mama geredet. Ich weiß jetzt, worum es dir geht. Manchmal bin ich dumm und manchmal klug, das ist in Ordnung.«

Rosa schluckt. »Aber mir kommt es so vor, als versage ich andauernd – ich bin nirgendwo erfolgreich oder wie auch immer das Gegenwort davon heißt.«

»Ich möchte nicht versuchen dir zu beweisen, dass es anders ist. Wenn du dich so siehst, liegt das daran, dass die anderen Eigenschaften im Schatten liegen. Dorthin kannst nur du Licht bringen.«

Rosa nickt betrübt.

»Hey, lass dir Zeit. Mache einen Schritt nach dem anderen, dann erreichst du dein Ziel«, versucht Karasi sie aufzumuntern.

»Ja, gut«, murmelt Rosa.

Sie möchte so gern glauben, dass ... Ja, was eigentlich? Schon das fällt ihr nicht ein. Dafür sieht sie ihren Dozenten vor sich. Kurz vor den Ferien hatte sie zum wiederholten Male wissen wollen, warum etwas so ist, wie er es unterrichtet. Daraufhin wurde er sauer. Sie kann sich nur ungenau erinnern, wie er sie bezeichnete. Gequält stößt sie hervor: »Aber mein Lehrer sagt doch auch ...«

»Jetzt fang nicht wieder mit deinem Lehrer an«, unterbricht Karasi sie.

Sanft fährt sie fort: »Pass auf, ich erzähle dir was: Bei meiner Arbeit in der Werbeagentur habe ich gelernt, dass jeder Auftraggeber seine eigenen Erfahrungen als Ausgangsbasis dafür nimmt, wie er ein Projekt beurteilt. Manchmal mussten wir eine gute Kampagne ändern, weil der Kunde die Welt grundverschieden sah. Dabei hätte die Zielgruppe durchaus so erreicht werden können. Im Laufe der Zeit wurde mir klar, dass Menschen das mit allem so machen. Wir nehmen unsere Erlebnisse als Grundlage und filtern entsprechend. Wenn nun jemand etwas vollkommen anders als du betrachtet, dann mag das aus seiner Perspektive so aussehen. Die Gründe dafür kennen wir nicht. Sie liegen in seiner Geschichte.«

Sie erreichen den Teich und bleiben stehen. Karasi schaut kurz auf das Wasser. »Außerdem glaube ich, wie du ja schon weißt, an die positive Absicht dahinter. Die ist nur manchmal kaum zu erkennen.«

»Ich weiß ja, aber was soll denn da die gute Absicht sein?«, verlangt Rosa zu wissen.

»Überleg' doch selbst einmal? Was könnte es sein?«

»Hmmm ... Vielleicht will er meinen Widerspruchsgeist wecken und mich so motivieren, damit was aus mir wird?!«

»Denkbar. Allerdings musst du gar nichts werden. Du bist nämlich schon was.«

Rosa lächelt. »Was denn?«, fragt sie schüchtern.

»Eine Heldin. Keine wie im Film, die in neunzig Minuten das Böse besiegt – als wenn es möglich wäre das Böse ein für alle mal zu besiegen. Jedes Bekämpfen zieht weitere Gewalt nach sich. Nein, du bist eine Heldin, weil du dich dir stellst, weil du über deine dunkle Seite nachdenkst, weil du dich weiterentwickeln willst.«

Rosa schaut sie aufmerksam an: »Ich bemühe mich«, sagt sie ernst und gibt damit sich selbst ein Versprechen. Sie wird herausfinden, wer sie ist – mit allen Anteilen und auch, was ihr Platz in der Welt ist.

Rosas Magen knurrt vernehmlich. Sie grinst.

»Hast du Lust, mit mir zu Jonas zu gehen?«

»Wer ist Jonas?«

»Das ist unsere Lieblings-Pommes-Bude hier in Witten.«

»Ich glaub, ich bekomme auch Hunger. Also los!«

Sie verlassen den Park und biegen nach links in den Grünzug Nord. Rosa hakt sich bei Karasi ein. Schnell finden sie einen gemeinsamen Rhythmus.

»Was ist denn an deinem Geburtstag los?«

»Keine Ahnung. Mama macht ein großes Geheimnis daraus. Sie plant seit Wochen. Hoffentlich gibt sie nicht zu viel Geld für mich aus.«

»Gut, dann frage ich morgen Virginia«, schmunzelt Karasi.

Sie erreichen einen amerikanischen Imbisswagen, vor dem eine Menschenschlange steht. Zusammen reihen sie sich ein. Während sie langsam vorrücken, erzählt Rosa von ihren Wünschen zum Geburtstag: ein paar Tage in den Urlaub fahren, Lena sehen, eins der Bücher von ihrer Liste und natürlich eine tolle Lehrstelle.

Karasi hört zu und fragt nach.

»Karola?«

Erst als Karasi den erstaunten Ruf erneut vernimmt, schaut sie auf.

Sie erkennt gerade noch den Rücken des Imbissbesitzers, der aus der Tür stürzt. Sekunden später ist er um den Airstream herumgelaufen und packt sie bei den Schultern.

»Karola? Bist du das wirklich?«

Karasi nickt erschrocken. Ungestüm wird sie in die Arme geschlossen und sieht die Erinnerung an ein kleines Mädchen.

Sie schiebt den Mann von sich weg und schaut ihn fragend an. Da bemerkt sie seine Augen, eins braun, eins blau.

Während er erklärt: »Ich bin's Jonas, der Nachbarjunge«, ruft sie gleichzeitig: »Jonas!«

Nun umarmt Karasi ihn. An Jonas hatte sie gar nicht gedacht, sonst hätte sie versucht ihn zu finden.

Von ihren Erinnerungen überwältigt haucht sie: »Wie hast du mich erkannt?«

»Niemals wieder habe ich bei einem Menschen der nachdenkt, diesen Ausdruck im Gesicht gesehen. Damit hätte ich dich immer und überall wiedererkannt.«

Gebannt stehen sie einander gegenüber. Es dauert einen Moment, bis ihnen bewusst wird, dass alle Blicke auf sie gerichtet sind.

»Ich mache erst mal weiter«, entschuldigt sich Jonas und steuert die Tür an.

Rosa staunt. »Kennst du Jonas?«

»Ja, er ist der Sohn unserer damaligen Nachbarin. Ich habe ihn sicher oft genervt, weil ich ihm und seinen Freunden hinterhergelaufen bin. Bei Kindern sind zwei Jahre Altersunterschied eine Menge.«

Jonas steht wieder im Wagen, bedient noch den Kunden vor ihnen und fragt sie dann: »Was möchtet ihr?«

»Zwei Mal Pommes bitte«, bestellt Rosa.

»Ich hätte so viele Fragen an dich«, sagt Jonas, während er die Kartoffelstreifen aus dem Fett holt. »Hast du vielleicht Zeit morgen Vormittag hier vorbei zu kommen?«

Er reicht ihnen ihre Schalen mit dem dampfenden Inhalt.

»Ja, gerne«, stimmt Karasi zu, die ebenso viele Fragen hat.

»Die Pommes gehen heute aufs Haus«, wehrt er ihr Geld lächelnd ab. »Ich bin immer ab 10:00 Uhr hier. Da ist auch noch nicht viel los.«

»Gut, dann bis morgen ...«

Als sie sich umdreht, fällt ihr Blick auf Babyface. Darum wendet sie sich noch einmal an Jonas: »Ach, kennst du den Mann mit den Dreads? Ich glaube, er beobachtet mich.«

Suchend schaut Rosa sich um.

»Nein, tut mir leid«, antwortet Jonas nach einem Blick in die angezeigte Richtung. »Ich freue mich auf morgen.«

Dann ruft er laut zu den Wartenden: »So, weil es heute etwas länger gedauert hat, bekommt jeder eine besonders große Portion.« Die Leute äußern lautstark ihre Zustimmung. Einige applaudieren.

Karasi und Rosa gehen noch ein Stück weiter, bis zum Lutherpark und setzen sich auf eine Bank.

»Jetzt musst du mir aber alles erzählen«, verlangt Rosa.

Karasi schluckt und stellt klar: »Viel mehr, als ich dir eben gesagt habe, gibt es nicht zu erzählen.«

»Warst du in ihn verliebt?«

Karasi schmunzelt. »Ja, ein bisschen. Er war irgendwie mein großer Held. Besonders, nachdem er mich einmal vor älteren Kindern beschützt hat. Die wollten meine Puppe ins Regenfass tauchen. Jonas hat das verhindert.«

»Hattet ihr all' die Jahre keinen Kontakt?«

»Nein, ich war zehn, als ich Witten verließ.«

»Dann weißt du nichts von seinem Sohn Paul?«, schlussfolgert Rosa und isst schnell weiter.

»Wer ist denn hier in wen verliebt?«, fragt Karasi neckend.

»Ich kenne ihn ja fast gar nicht«, versucht das Mädchen es herunterzuspielen.

»Ach darum hast du gefragt, woher ich wusste, dass Bruno *der Richtige* ist«, stellt Karasi fest. »Magst du mir erzählen, wer Paul ist?«

»Er ist neunzehn und ging auf meine Schule, nur eine Klasse über mir. Jetzt macht er eine Ausbildung in Köln. Er ist nur noch an den Wochenenden hier. Deshalb sehe ich ihn gar nicht mehr.« Sie fährt mit dem roten Plastikpikser durch die Luft. »Vorher haben wir aber auch nie miteinander gesprochen. Ich bekomme immer kein Wort raus, wenn er in der Nähe ist.«

»Das passiert häufig, sobald man jemanden besonders mag. Schade. Sicher ahnt er nicht einmal, wie toll du ihn findest.«

»Du sagst Jonas nichts davon!«, beschwört Rosa sie.

»Nein, natürlich nicht. Aber fragen, was Paul so macht, ist doch in Ordnung, oder?«

»Nur, wenn du es mir dann erzählst«, grinst Rosa.

Intuitives Wissen

»Wow«, sagt Bruno nun bereits zum zweiten Male. »Mit dir wird es nie langweilig.«

Obwohl Karasi ihm alles schon gestern Abend erzählt hatte, waren Bruno über Nacht jede Menge Fragen eingefallen. Nur auf wenige kennt sie die Antworten. Sie weiß weder, ob *Babyface* zufällig da war, noch ob er was mit dem seltsamen Fremden zu tun hat. Auch über Jonas kann sie keine Auskunft geben. So hat sie ihm also einfach noch einmal berichtet, was geschehen war.

»Komm doch mit«, schlägt sie nun vor.

»Nein, da bin ich fehl am Platz, wenn ihr über alte Zeiten redet. Ich bleibe hier und kümmere mich um den Garten.«

»Das ist lieb von dir. Ich bin in den letzten Tagen nicht weit gekommen.« Sie zeigt aus dem Fenster der Hütte hinaus. »Die Erde ist überall aufgelockert, der Kompost eingearbeitet. Kannst du bitte die Buchsbäume schneiden und die Regenrinne sauber machen?«

Bruno nickt.

»Ich komme danach direkt zurück. Dann erzähle ich dir alles. Mach dir keine Sorgen, Drita ime«, bittet sie und greift nach seiner Hand.

Bruno hebt ihre daraufhin hoch, um jeden ihrer Finger einzeln zu küssen.

»Ich bin hier. Nachher koche ich uns was, also iss nicht so viele Pommes«, scherzt er und zwinkert ihr zu.

Gemeinsam räumen sie den Tisch ab sowie ihr kleines Domizil auf. Karasi mag es, wenn sie sich umeinander durch den Raum bewegen, während sie ihre Aufgaben erledigen. Es hat etwas von einem Tanz, wie sie sich umrunden.

Eine Stunde später erreicht Karasi den Imbisswagen. Jonas hat zwei Klappstühle davor in die Sonne gestellt und sitzt auf einem der beiden. Als sie näher kommt, steht er auf: »Karola, ich kann es noch immer nicht fassen. Nach all den Jahren stehst du plötzlich hier.«

»Hallo Jonas«, sagt Karasi grinsend.

Sie betrachtet den Mann den sie aus Kindertagen kennt eingehender. Er sieht gut aus für einen Fünfzigjährigen. Sein dichtes Haar ist fast grau, was die verschiedenfarbigen Augen umso mehr auffallen lässt. Beherrscht wird sein Gesicht wie seit jeher von der Nase, deren Knick Karasi als Mädchen *süß* fand.

»Ich bin extra eher her gekommen, um den Verkauf vorzubereiten. Somit haben wir jetzt ein wenig Zeit.« Jonas weist einladend auf die Stühle. »Aber, bevor ich vor lauter Fragen alles vergesse, die beiden wichtigsten Sachen zuerst: Der Typ, nach dem du mich gestern gefragt hast ... Ich konnte ihn aushorchen. Er soll dich wirklich beobachten. Für wen weiß er jedoch selbst nicht. Es klang glaubwürdig. Er meldet, was er herausbekommt an eine Mail-Adresse. Hier ist sie.« Er reicht Karasi einen Zettel.

Es dauert einen Moment, bis sie reagiert. Obwohl ihr der Mann suspekt ist, hat sie immer noch an Zufall glauben wollen.

»Danke«, stammelt sie dann bestürzt und greift nach dem Papier. »Hat er noch irgendetwas gesagt?«

»Nein, das war alles. Zwei meiner Stammkunden haben mir geholfen ihn auszufragen. Der hat sicher nichts verschwiegen«, erklärt Jonas mit grimmigem Gesicht. Daraufhin verschwindet er kurz im Inneren des Wagens und kehrt mit zwei kleine Flaschen Wasser zurück.

Karasi trinkt, als wäre sie fast verdurstet. Mit voller Konzentration spürt sie die kühle Flüssigkeit in ihren Mund hineinfließen, fühlt ihre Speiseröhre, ihren Magen und endlich wieder ihren ganzen Körper.

»Warum hast du eigentlich vermutet, dass er dich beobachtet?«

Mit wenigen Worten erzählt Karasi was vorgefallen war. Dann schweigen sie.

»Was ist denn das Zweite, was du mir sagen wolltest?«, fragt Karasi, weil sie erst einmal nicht weiter über das eben Erfahrene nachdenken will.

Jonas schaut sie verwirrt an. »Ach so, ja. Meine Mutter will dich unbedingt sehen. Ich hoffe, du tust ihr den Gefallen. Sie war sehr aufgeregt, als sie hörte, dass du hier bist. Kannst du sie vielleicht am Sonntag besuchen? Ich selbst bin jedoch unterwegs.«

»Ja, das passt. Möchte sie etwas Bestimmtes von mir?«

»Ein weiteres Mysterium«, lacht Jonas. »Es ist ihr wichtig, aber sie wollte mir nicht sagen, worum es geht.«

»Na da bin ich ja mal gespannt«, entschlüpft es Karasi. Reflexartig hält sie die Hand vor ihren Mund, wie früher in der Schule, wenn sie vorlaut gewesen war. In ihrer Muttersprache kommen solch tief sitzenden Muster wieder zum Vorschein.

Langsam lässt sie die Hand sinken. Heute darf sie sagen, was sie will. Natürlich muss sie die Konsequenzen tragen, aber keine Strafe fürchten. Sie blinzelt in die Sonne und fragt vorsichtig: »Ich habe deine Mutter immer sehr gemocht. Wie geht es ihr denn?«

»Nun ja, sie ist jetzt fünfundsiebzig und häufiger krank. Seit knapp einem Jahr lebt sie bei uns im Haus. Paul hat sein Kinderzimmer an sie abgetreten. Wenn er nun zu Besuch kommt, schläft er auf der Couch.«

»Und Karl?«

»Mein Vater ist vor acht Jahren gestorben. Bergmänner werden nun mal nicht alt«, antwortet Jonas schulterzuckend.

»Das tut mir leid für dich.«

»Ist schon gut. Es war nur selten zu Hause. Ich gehöre halt der Generation an, die fast ohne Vater aufgewachsen ist.

Wahrscheinlich wusste er selbst nicht, wie es geht. Sein Vater war im Krieg gefallen, er hat ihn nie kennengelernt.« Jonas seufzt. »Ich habe versucht, es bei Paul besser zu machen. Keine Ahnung, ob es mir gelungen ist, aber er ist ein toller junger Mann.«

»Ich finde, er hatte ein gutes Vorbild.«

Jonas verzieht das Gesicht.

»Erzähl! Wie geht es dir? Wie bist du zu dem Imbiss gekommen?«

»Langsam«, unterbricht Jonas sie lachend. »Eins nach dem anderen.«

Dann erzählt er ihr von seinem Publizistikstudium und der Zeit in einer Zeitungsredaktion. Er wurde zunehmend unglücklicher, weil der Chefredakteur immer mehr vorgefertigte Erklärungen von Politikern sowie Leuten aus der Wirtschaft abdruckte. Dass, was Jonas unter Journalismus verstand, konnte er nicht ausüben. Da er inzwischen mit Ida verheiratet und Paul geboren war, hielt er durch.

Vor fast zehn Jahren bekam er durch einen Zufall die Gelegenheit den Imbiss zu übernehmen. Die ersten Monate waren hart. Ida trug die Entscheidung in keiner Weise mit. Sie machte sich Sorgen um ihre Zukunft. Mittlerweile läuft das Geschäft gut. Jonas mag den Kontakt mit den Menschen, seinen Kunden.

»Rosa sagt, du bist eine richtige Institution hier und hilfst vielen Leuten.«

»Ich weiß nicht ... ich sage einfach immer, was mir in den Sinn kommt. Wenn es jemandem hilft, umso besser.«

Karasi stellt etliche Fragen, ohne darüber nachzudenken, ob es in Ordnung ist sie zu stellen. Sie fühlt sich wohl in Jonas' Gegenwart. Entspannt genießt sie die wärmenden Sonnenstrahlen.

Nachdem auch Karasi von Studium, Job, aber vor allem von Bruno und ihrem Leben erzählt hat, ist die Lücke von vierzig Jahren grob geschlossen.

»Weißt du noch wie wir im Sommer immer Wassereis gemacht haben? Deine Mutter hatte keinen Platz mehr in ihrem kleinen Eisfach«, erinnert sich Jonas.

»Ja, und im Winter wollten wir den Schnee dort aufbewahren, damit er den Sommer überlebt«, lacht Karasi.

»Kannst du dich auch an unser Lagerfeuer erinnern?«

»Oh, je. Zum Glück ist nicht die ganze Wiese abgebrannt.« Immer weitere Geschichten aus ihrer Kindheit kommen ihnen in den Sinn.

Die ersten Kunden trudeln ein. Die Pausen zwischen den Bestellungen werden kürzer.

Karasi will sich bereits auf den Heimweg machen, als sie eine letzte Frage stellt: »Hast du damals eigentlich gewusst, dass ich in dich verliebt war?«

»Soweit ich das mit elf Jahren verstehen konnte – ja. Ich mochte dich. Außerdem veränderte deine Bewunderung mein Bild von mir selbst. Ich fühlte mich nützlich und wichtig. Ich glaube sogar, dass ich manches nicht geschafft hätte, ohne dieses Empfinden. Aber tiefe Gefühlen? Es hat noch viele Jahre gedauert, bis ich dazu fähig war.«

Er seufzt. »Ich hoffe, ich habe dich nicht verletzt.«

»Nein, Jonas. Du hast mich vor den großen Jungs gerettet und warst mein Held. Dass du mich magst, konnte ich immer spüren.« Den zeitlichen Wechsel in die Gegenwart wählt Karasi bewusst. Sie lächelt Jonas an und er lächelt zurück.

Eine Gruppe Jugendlicher nähert sich und beendet damit diesen besonderen Augenblick.

»Die feiern bestimmt ihren letzten Ferientag.«

»Geh nur. Es war schön, mit dir zu sprechen – dich wieder zu finden.«

Jonas nickt.

Sie umarmen einander zum Abschied.

Auf dem Weg zurück ist Karasi immer schneller geworden. Nun biegt sie um die letzte Ecke. Sie kann bereits den Garten von Frau Lange sehen und Bruno, der draußen in der Sonne sitzt. Die letzten Meter rennt sie fast.

»Bruno«, ruft sie aufgeregt. Er erhebt sich und kommt ihr entgegen. Sein Ausdruck wirkt besorgt.

»Mir geht's gut«, erklärt sie deshalb, als sie ihn in die Arme schließt. »Ich habe nur viele Neuigkeiten.«

Sie nehmen Platz und Karasi erzählt, was sie erfahren hat.

»Aber *warum* der Typ dich beobachtet, wissen wir jetzt immer noch nicht.« Bruno streichelt Karasis Arm.

»Nein, Ylli«, bestätigt sie. »Das Schlimme ist nur, diese mysteriöse Sache verdirbt mir meinen Aufenthalt in Witten. Ich fühle mich wohl hier – viel wohler, als ich es für möglich gehalten hatte.«

»Möchtest du wieder in Deutschland leben, Snoepje?«

»Vielleicht ... jedoch noch nicht sofort. Wir haben nie darüber gesprochen, ob wir für immer in Albanien bleiben. Wie siehst du das?«

»Bella, ich bin viele Jahre gependelt, lebte mal in Italien, mal in Frankreich. Dann zog es mich erneut zurück nach Holland und Deutschland. Als wir uns begegneten, wollte ich nur für ein oder zwei Wochen schauen, wie mir Albanien gefällt. Ich mag das Land und die Menschen, aber geblieben bin ich, weil ich dich liebe.«

Tränen sammeln sich in Karasis Augen. »Dashur, ich glaub, ich kann das noch nicht entscheiden ... vielleicht in einem Jahr. Ich verspreche darüber nachzudenken. Kannst du so lange warten?«

»Natürlich, mein Herz. Wir werden eine gute Lösung für uns beide finden«, verspricht Bruno und küsst Karasi.

»Ich freue mich auf zu Hause, nur Rosa wird mir wahnsinnig fehlen«, überlegt Karasi einen Moment später.

»Lade sie ein, für ein paar Wochen oder Monate.«

»Sie will doch eine Lehrstelle finden.«

»War nur so ein Gedanke«, sagt Bruno leichthin. »Ich bin gespannt, was du von Jonas' Mutter erfährst. Wie nennst du sie?«

»Als Kind nannte ich sie Tante Käthe. Meine Eltern haben mir eine schöne Kindheit bereitet, aber bei Tante Käthe war ich eine Prinzessin. Sie hatte sich wenigstens ein Mädchen gewünscht, jedoch vier Jungen bekommen. Darum hat sie ihre Ideen für eine Tochter mit mir ausgelebt. Sie hat mir ein Diadem gebastelt und aus einer alten Gardine ein Ballkleid genäht.« Sie lächelt bei der Erinnerung daran.

»Also: Tante Käthe. Sie wird bestimmt etwas von deinen Eltern wissen. Vielleicht erfährst du von ihr auch den Grund dafür, warum du dich hergerufen gefühlt hast.«

»Ja, das wäre schön. Dann könnten wir Rosas Geburtstag genießen und anschließend zusammen nach Hause fahren.«

»Lass uns jetzt erst einmal essen, bevor du zu neuen Abenteuern aufbrichst«, neckt Bruno sie.

Ehrenvoll diskreditiert

82.000,- Euro liest Peter. Die Summe hat ihm seine Tätigkeit im Zusammenhang mit der Impfung gegen Gebärmutterhalskrebs im letzten Jahr eingebracht. Bei jährlichen Kosten von 130 Millionen Euro in Deutschland für diese Maßnahme, hatte er mit einem höheren Anteil gerechnet. Andererseits war es nicht besonders viel Arbeit gewesen.

Beim Durchsehen der medizinischen Unterlagen, die er ständig erhielt, war ihm vor ein paar Jahren etwas aufgefallen: Von den mehr als hundert HP-Vieren ließen sich fünfundzwanzig bei von Gebärmutterhalskrebs betroffenen Frauen nachweisen. Was Ursache und was Folge ist, wurde nie hinlänglich geklärt.

Der Gedanke einen Impfstoff zu entwickeln, obwohl die Zahl der Erkrankten jedes Jahr weiter sank, wurde von zwei Firmen aufgegriffen. Eines der daraufhin entwickelten Produkte schützt vor vier, ein anderes vor zwei der Viren.

Da alle Forschungen von den Pharmafirmen durchgeführt werden, gelangen auch nur die gewünschten Informationen an die Öffentlichkeit. Die wenigsten wissen deshalb, dass die Impfung nur zuverlässig wirken kann, wenn sie vor dem ersten Sexualkontakt gegeben wird und dieser Kontakt dann kurzfristig stattfindet – ungeschützt natürlich.

Peter grinst spöttisch, als er sich die Situation ausmalt. Die Mutter sagt zur vierzehnjährigen Tochter:»Du darfst nie ohne Gummi Sex haben, aber in den nächsten sechs Monaten doch einmal, weil sonst deine Impfung nicht richtig wirkt.«

Er muss allerdings zugeben, dass er sich vorher auch nie mit dem Thema auseinandergesetzt hat. Nachdem ihm alle Fakten bekannt waren, hatte er sich beschneiden lassen. Damit senkt er das Infektionsrisiko für Linda. Das ist er ihr schuldig. Sie ist immerhin die Mutter seiner Kinder. Mit Kitty benutzt er ohnehin immer Kondome. Schließlich hat er keine Ahnung, mit wem sie es außerdem noch treibt.

Es gehört nicht direkt zu seinen Aufgaben, solche neuen Ideen zu entwickeln. Zum Teil greifen die Konzerne sie jedoch auf und er verdient damit etwas extra.

Seine Hauptbeschäftigung ist es gegenteilige Meinungen von der breiten Masse fernzuhalten. Wie zum Beispiel die Behauptungen dieses Doktors der Biologie, der ein Kopfgeld auf Viren ausgesetzt hat, weil es angeblich gar keine gäbe. Sogar vor Gericht ist er damit durchgekommen, als jemand das Geld einforderte. Ernst genommen wird er jedoch nur von ein paar Randfiguren.

Einem Professor, der sich gegen die MMR-Impfung aussprach, war in England die Approbation entzogen worden. Peter hatte für die Verbreitung dieser Information in den Medien gesorgt. Dass der Arzt seit der Berufung wieder arbeiten darf, wurde nur als Zweizeiler gedruckt.

Nun gilt es diese Überlebenden mit HIV, die angeblich keine Medikamente nehmen, aus dem Licht der Öffentlichkeit zu katapultieren. Das wird er auch noch schaffen.

Seufzend lehnt sich Peter in dem Schreibtischstuhl zurück und greift nach dem neuen Stapel Infomaterial. *Das Deutsche Ärzteblatt:* Elektronischer Arztbrief und Telemedizin – das nützte ihm nichts. Eine kleine Verbindung zwischen Vene und Arterie im Becken senkt den Blutdruck. Das wird den Absatz der blutdrucksenkenden Medikamente senken. – Aber daran ist er nicht beteiligt. Inzwischen entspricht sein medizinisches Wissen sicher dem eines Arztes. Nachdenklich blättert er weiter.

Karola ... Schon wieder spukt ihm diese Frau im Kopf herum. Kein Wunder, dass seine Kreativität blockiert ist. Soll er ihretwegen etwas unternehmen? Von Ole gibt es keinerlei Nachricht und der gestrige Abstecher nach Witten hatte auch nichts ergeben. Allerdings fasziniert sie ihn. Das muss er sich eingestehen. Ahnt sie etwas? Um sich an bedeutsame Dinge zu erinnern, war sie viel zu jung, als ihre Eltern starben.

Peter nimmt einen Bogen Papier, um seine Möglichkeiten zu entwickeln.

Fünf Minuten später ist das Blatt noch immer leer.

Er wirft einen Blick auf das raumbeherrschende Bild. Wie so oft, wenn er nicht weiter weiß, fragt er laut: »Was würdest du tun, Edward L. Bernays?«

Wie so oft, bekommt er auch heute keine Antwort.

Hervorragende Prägung

Eine Frau öffnet die Tür. Sie trägt weiße Jeans, einer Marke die Karasi nicht kennt, auch wenn das auffällig gestickte Logo sie darauf hinzuweisen versucht. Dazu eine blaue Bluse sowie ein künstliches Lächeln.

»Guten Tag. Ich bin K ... Karola und möchte zu Frau Voss.«

»Ich bin Frau Voss. Sie wollen sicher zu meiner Schwiegermutter«, berichtigt sie Jonas' Ehefrau spitz.

»Ja, natürlich«, erwidert Karasi verdattert, folgt dem Wink und tritt ein.

Sie wird durch das im skandinavischen Stil eingerichtete Haus in den ersten Stock geführt.

»Mutti hier ist dein Besuch«, kündigt die Frau sie mit überraschend freundlicher Stimme an.

Trotzdem ist Karasi froh, dass sie danach die Tür von außen schließt.

Ihr Blick schweift im Raum umher. Ein Bett und einen Schrank im weniger hellen Teil, am Fenster ein Tischchen und ein Ohrensessel. Dort sitzt Tante Käthe. Sie erscheint Karasi so klein, als sei sie im Laufe der Jahre geschrumpft. Rasch durchquert sie das Zimmer und umarmt die alte Dame.

»Tante Käthe«, seufzt Karasi. »Ich hoffe, ich darf weiterhin so sagen?«, fragt sie, als sie sich löst und das vertraute Gesicht betrachtet.

Tante Käthe sieht genauso aus, wie damals. Zweifellos ist sie gealtert, aber es ist dasselbe Lächeln, derselbe Ausdruck in den Augen.

»Ach Kindchen, wie schön, dass ich dich wiedersehe, bevor ich sterbe«, sagt sie mit erstaunlich kräftiger Stimme.

»Natürlich bin ich noch deine Tante Käthe und du bist noch immer meine kleine Karola.«

Karasi kommen die Tränen. Seit ihrer Kindheit hat niemand mehr sie so genannt.

»Ich freue mich so«, schnieft sie.

»Du wunderst dich vielleicht, über die Einladung. Ich wollte keine Zeit verschwenden. Wer weiß, wie viel mir noch bleibt.«

»Was gibt es denn?«, fragt Karasi neugierig.

»Setz dich Liebes.« Karasi zieht den zum Sessel passenden Hocker nahe heran, greift nach Tante Käthes runzliger Hand und schaut sie erwartungsvoll an.

»Ich habe dir das alles schon so oft in Gedanken erzählt, aber jetzt weiß ich trotzdem nicht recht, wo ich beginnen soll.«

Als die alte Frau sich auf das konzentriert, was sie erzählen will, sieht Karasi ihre Eltern vor ihrem geistigen Auge. Sie zuckt zurück, als hätte sie ein elektrischer Schlag getroffen.

Tante Käthe lächelt verstehend. »Du hast sie also auch, die Gabe deiner Mutter.«

»Du weißt davon?«

»Wissen wäre zu viel gesagt. Ich bemerkte so einiges, in den zehn Jahren, die ich Emilia kannte. Nachdem ...« Sie stockt. »Nachdem sie fort war, ist mir noch mehr bewusst geworden und ich habe meine Schlüsse gezogen.«

Tante Käthe nestelt an ihrer Strickjacke. Sie scheint nervös zu sein. Dann bittet sie: »Erzählst du mir doch erst ein wenig von deinem Leben. Bist du verheiratet?«

Karasi erzählt von Bruno und ihrem Garten in Albanien. Die alte Dame lächelt, während sie aufmerksam zuhört.

»Geht es dir denn gut hier, Tante Käthe?«

»Ja, natürlich. Ach, du meinst wegen Ida. War sie eben sehr steif?«

»So könnte man das nennen.«

»Ich glaube, sie ist ein bisschen eifersüchtig. Jonas hat gestern so viel von dir erzählt: Wie sehr er sich freut und das du so gut aussiehst. Zu mir ist Ida immer äußerst liebevoll.«

»Ach so ...« Das beruhigt Karasi.

»Du hast vorhin von der Gabe meiner Mutter gesprochen. Was weißt du darüber?«

»Wie gesagt: nur wenig. Emilia hat häufig etwas gewusst, dass sie eigentlich nicht wissen konnte. Einmal fragte ich sie danach. Sie erklärte mir, dass sie glaube alle Menschen nähmen vieles wahr. Nur könnten sie es kaum bewusst einordnen, weil sie das nie gelernt hätten. Warum sie das könne, wisse sie nicht. Manchmal sei es eine Gabe, manchmal ein Fluch. Dabei sah sie so traurig aus, dass ich sie nie wieder darauf ansprach.«

»Das kann ich jetzt verstehen. Vor zehn Jahren wäre mir das seltsam vorgekommen. Ich habe auch lange nichts wahrnehmen wollen. Als ich dann mehr und mehr spürte, war es oft schmerzvoll. Inzwischen bin ich zufrieden, so wie es ist.«

Als sie dies ausspricht, sieht sie ihr Leben vor sich: die Zeit im Internat, Kalifornien, das Studium, ihr Job in Berlin und zuletzt Albanien mit Bruno. Sie ist versöhnt mit ihrer Geschichte. Nur an dem Umstand, der dazu geführt hat, dass es so verlaufen ist, mag sie nicht denken: den Tod ihrer Eltern.

Zu Tante Käthe sagt sie: »Es war seltsam Mama und Papa durch deine Gedanken zu sehen. Ich besitze kein einziges Foto von ihnen.«

»Ach Kind, das hätte ich beinahe vergessen. Von Emilia und Manfred habe ich leider auch nur zwei Bilder. Aber von dir gibt es einige Aufnahmen als Prinzessin.« Käthe lächelt und reicht Karasi einen Umschlag.

»Ich möchte sie lieber später anschauen.«

Eine Frage quält sie noch: »Warum hast du dich nie gemeldet?«

»Ach Kleines«, antwortet Käthe zärtlich. »Ich hatte damals die ganze Nacht mit Karl gesprochen. Er war zu der Zeit arbeitslos, weil seine Zeche geschlossen wurde. Nach dreiundzwanzig Jahren unter Tage sah es schlecht für ihn aus etwas anderes zu finden. Trotzdem erklärte er sich einverstanden, dass wir dich aufnehmen. Aber beim Jugendamt wollte man mir nicht einmal sagen, wo du bist. Es sei besser für dich keine Kontakte aus deiner Vergangenheit zu haben. Du müssest dich neu orientieren, hieß es. Ich solle dir auch nicht schreiben, man würde die Briefe sowieso vernichten. Mir fiel nichts ein, was ich hätte tun können.« Tante Käthe blickt sie flehend an.

»Dann hattest du keine Chance«, Karasi seufzt.

Nun greift Käthe nach Karasis Hand und hält sie fest, während sie spricht: »Ich will jetzt versuchen dir alles zu erzählen: Deine Eltern sind ins Nachbarhaus unserer Bergmannssiedlung eingezogen, als deine Mama mit dir schwanger war. Ich erfuhr das jedoch erst später, zu sehen war nämlich noch nichts. In der Siedlung wohnten nur Kumpel mit ihren Familien und deine Eltern schienen nicht richtig dort hineinzupassen. Dein Papa war sogar irgendwie Karls Chef, weil er im Bergbaubüro arbeitete. Normalerweise wollten diese Herren nichts mit den einfachen Bergmännern zu tun haben. Da nützte es auch nichts, dass Karl es zum Untersteiger gebracht hatte. Vielleicht haben wir wegen unserer Vorurteile anfangs nur wenige Male mit deinen Eltern gesprochen. Das änderte sich mit deiner Geburt. Bei deiner Mutter setzten die Wehen ein und sie konnte deinen Vater nicht erreichen. Ich hatte bereits die vier Jungs. Du erinnerst dich sicher auch an Valentin, Lukas und Noah?«

Mit der Hand weist sie nach links. Karasis Blick folgt der Bewegung und sie sieht die Fotos der Jungen neben einem Bild von Jonas an der Wand hängen.

»Ja, natürlich.«

»Jedenfalls rief Emilia Lukas vom Küchenfenster aus zu, er solle mich holen. Sie wollte partout nicht, dass ich sie ins Krankenhaus brachte oder einen Arzt herbeirief. Also kümmerte ich mich um sie, so gut ich konnte. Ich hielt ihre Hand und dachte an meine Entbindungen. Erst viel später wurde mir klar, dass sie ruhiger wurde, weil sie dadurch eine Menge *wusste*.«

Käthe nickt bedächtig und spricht weiter. »Nach drei Stunden warst du auf der Welt. Wenige Minuten danach kam dein Vater nach Hause. Von da an waren wir auf eine seltsame Art befreundet. Mit der Zeit erfuhr ich einiges von deinen Eltern, aber vieles passte einfach nicht zusammen. Mit fünfzehn Monaten bekamst du Keuchhusten. Emilia sah durch die Nächte an deinem Bett so elend aus. Ich habe sie praktisch gezwungen schlafen zu gehen und derweil über dich gewacht.«

Tante Käthe trinkt einen Schluck Wasser und rückt sich im Sessel zurecht.

»Am nächsten Tag hat Emilia mir die Geschichte eurer Familie erzählt. Ich konnte kaum fassen, was ich hörte. Dann musste ich ihr versprechen dir das alles zu erzählen, wenn sie es nicht kann. Das werde ich jetzt tun, so gut ich mich erinnere.«

Sie holt tief Luft: »Eine Urahnin von dir kam schwanger den großen Hellweg hinunter und hat sich hier niedergelassen, beziehungsweise in einem Dorf, das heute zu Witten gehört. Ich bin unsicher, welcher Stadtbezirk es war, vielleicht Wullen. Emilia hatte Aufzeichnungen aus dem sechzehnten Jahrhundert darüber. Ihren Lebensunterhalt verdiente diese Frau mit Kräuter- und Frauenheilkunde. Ihre Tochter trat in ihre Fußstapfen. Wie du sicher weißt, war Heilkunde zu der Zeit für Frauen ein gefährlicher Beruf. Die Männer sahen durch sie ihre Macht gefährdet. Die Tochter jedenfalls hatte wiederum eine Tochter und so weiter. Eine der Frauen wurde sogar der Hexerei bezichtigt und verbrannt. *Ihre* Tochter konnte sich nur retten, in dem sie sich von der Mutter lossagte. – Schrecklich! Die ganzen Namen und Einzelheiten weiß ich nicht mehr«, sie blickt betrübt drein.

»Also: Jede der Frauen hatte eine Tochter, manchmal auch nur eine angenommene, der sie alles beibrachte. Zeitweise mussten sie im Verborgenen arbeiten, um Strafen zu entgehen. Deine Urgroßmutter Martha ging Anfang des zwanzigsten Jahrhunderts nach München, wegen eines Mannes. Ihre Tochter nannte sie Anna. Dein Urgroßvater fiel dann im Zweiten Weltkrieg an der Front. Auch unter den schwierigen Umständen hatte Martha es geschafft einen Zirkel zu gründen. Weil es nur wenige Ärzte für die Zivilbevölkerung gab, wollten sie den Menschen beibringen sich möglichst selbst kurieren zu können. Trotz der guten Absicht war ihre Arbeit nicht gewünscht. Sie erhielten Drohungen. Dessen ungeachtet hatte die Gruppe ein kleines Büchlein aus ihrer aller Wissen zusammen gestellt. Sie trafen sich beim Drucker, um mitzuerleben, wie die ersten Exemplare entstanden. Da explodierte das Haus, in dem die Druckerei untergebracht war. Nur durch eine Fügung des Schicksals war Anna nicht anwesend. Sie hielt die Explosion für keinen Zufall. Also nahm sie das Nötigste, holte die Unterlagen ihrer Ahnen aus dem Versteck und verließ die Stadt.«

Tante Käthe hatte sich beim Sprechen vorgebeugt und sinkt nun zurück in den Sessel. Sie scheint erschöpft.

Karasi schwirrt der Kopf. Sie sieht ihre Mutter vor sich. Das erste Mal vollkommen entspannt. Das war es also, was sie erfahren sollte, warum die Bilder sie gedrängt hatten zurückzukehren.

»Langsam, Tante Käthe. Wir haben Zeit. Komm, trink noch etwas.«

»Nein mein Kind, ich finde erst zur Ruhe, wenn ich alles erzählen konnte. Ich habe es doch versprochen.«

Trotzdem nimmt sie einen Schluck Wasser. »Weite Strecken zurückzulegen war 1944 schwierig. Bahnstrecken und Straßen lagen in Trümmern. Aufgrund der Anstrengung und des Hungers fiel Anna kaum auf, dass ihr häufig übel war. Sie war nicht allein geflohen, sondern trug ein Kind unter dem Herzen. Damals hatten viele Frauen Sex, ohne verheiratet zu sein.«

Wie die meisten älteren Menschen spricht sie das Wort *Sex* seltsam aus, so das es beinahe wie die Zahl *sechs* klingt. »Man muss es ihnen nachsehen. Sie dachten, es könne jeden Tag alles vorbei sein. Zum Vater des Kindes zurück konnte Anna nicht. Das war zu gefährlich. Also setzte sie ihren Weg fort und bekam ihr Baby allein in einer Scheune. Kurz darauf erreichte sie das stark zerbombte Witten. Wahrscheinlich wollte sie hierher, weil sie die Nähe zu ihren Vorfahren suchte. Für ihre Sicherheit sah sie sich gezwungen, zu lügen. Sie versteckte ihre wenigen Besitztümer und legte sich mit dem Säugling auf der Brust an die Straße, wo sie eine Bewusstlosigkeit vortäuschte. Ein britischer Soldat entdeckte sie und brachte sie zum Arzt. Nach vielen Stunden Wartezeit diagnostizierte dieser Amnesie. Sie fand ein Zimmer sowie eine Anstellung als Spülhilfe. Als sie sich auch Wochen später an nichts erinnern konnte, bekam sie neue Papiere. Den Namen durfte sie sich aussuchen. Sie wählte *Lotte* und als Nachnamen *Sonnenschein*. Ihre Tochter nannte sie *Emilia*.«

Die Falten umkränzten Augen blicken weit in die Vergangenheit.

Mama! Mehr kann Karasi nicht denken.

»Wegen ihres Familiennamens stellten Freunde sie *Felix Sommer* vor. Die beiden wurden wirklich ein Paar. Felix zog deine Mutter wie seine eigene Tochter auf. Lotte verbot, dass Emilia irgendetwas Medizinisches arbeitet. Die alten Unterlagen wegzuwerfen hatte sie nicht übers Herz gebracht, aber sie wollte nichts damit zu tun haben. Als

Emilia die Papiere im Keller fand und Krankenschwester wurde, war Lotte außer sich. Es gab so viel Streit, dass der Kontakt ganz abbrach.«

Käthe schüttelt bedauernd den Kopf. »Ich denke, Lotte hat sich einfach große Sorgen gemacht. Der Bruch war jedoch nicht mehr zu kitten. Leider sollte deine Oma recht behalten. Als du in die Schule kamst, arbeitete Emilia wieder im Krankenhaus. Sie machte ihre Sache so gut, dass etliche Patienten nach ihr verlangten. Ich glaube, sie hat das überlieferte Wissen angewendet. Ich habe sie selbst in den vergilbten Unterlagen lesen sehen. Ein Arzt empfahl ihr dann, die Heilpraktikerprüfung abzulegen. Diese Prüfung war ursprünglich im Dritten Reich entwickelt worden, um die Nicht-Mediziner in ihren Möglichkeiten einzuschränken. Bei Emilia hatte es den gegenteiligen Effekt. Sie hatte nun die Chance eine Praxis zu eröffnen, wodurch sie ihre Zeit besser für dich einteilen konnte. Als immer mehr Patienten zu ihr kamen, erschien ein Zeitungsartikel über sie. Danach erhielt sie die ersten Drohungen. Sie solle ihre Arbeit einstellen, hieß es. Deine Mama war eine mutige, starke Frau und ließ sich nicht einschüchtern.«

Betrübt hält Tante Käthe inne. »Kleines, ich glaube der Autounfall deiner Eltern, war kein Unfall. Euer Haus ist am selben Tag durchwühlt worden. Die Polizei hielt es für Zufall ... «

Tante Käthe streicht Karasi über das Haar: »Es tut mir so leid, Karola. Aber ich bin froh, dass du jetzt alles weißt und ich mein Versprechen gehalten habe.«

Karasi fühlt sich wie betäubt, vollkommen leer. Sie kann keinen klaren Gedanken fassen. Was hatte Tante Käthe da erzählt?

Ihre Augen suchen Halt am Muster der Tapete. Das ist real, auch wenn es ihr nicht gefällt.

Wieso denkt sie jetzt darüber nach? Eigentlich müsste sie wütend oder traurig sein. Aber da ist nur diese Leere.

Als sie ihre Wange berührt, bemerkt sie, dass diese nass ist. Sie langt nach dem Päckchen mit Papiertaschentüchern, auf dem Tisch. Ein Tuch reicht sie Tante Käthe. Mit dem anderen trocknet sie ihre eigenen Tränen. Es tut gut etwas so Normales zu tun.

Karasi konzentriert sich auf ihre Atmung. Einatmen – ausatmen, einatmen – ausatmen ...

Nur langsam lässt die Taubheit nach. Einatmen – ausatmen, einatmen – ausatmen ...

Sie ist dankbar all dies erfahren zu haben, trotzdem hält sie es nicht mehr dort aus. »Ich muss jetzt gehen.«

Der Tod ihrer Eltern war kein Unfall. Nein, schnell etwas anderes denken. Aber was?

»Natürlich. Das war ja auch eine Aufregung.« Die alte Dame nickt vor sich hin. »Vielleicht besuchst du mich noch mal.«

»Ich komme mich auf jeden Fall verabschieden, bevor wir wieder wegfahren«, verspricht Karasi.

Leise geht sie die Treppe hinunter, aus dem Haus. So durcheinander möchte sie Jonas' Frau lieber nicht begegnen.

Als Karasi das Grundstück verlässt, sitzt Bruno auf einem Mäuerchen neben dem Eingangstor.

»Du warst vorhin so aufgeregt, da wollte ich dich abholen, Bella.«

Karasi fällt ihm erleichtert um den Hals. Natürlich hätte sie den Rückweg auch allein bewältigt, aber so ist es ihr wesentlich lieber.

»Oh Bruno, du glaubst nicht, was ich erfahren habe.«

»Komm Minette. Ich bringe dich heim.«

Karasi nimmt seine Hand und sie gehen los.

Nach wenigen Schritten sprudelt alles aus ihr heraus, was sie von Tante Käthe gehört hat. Je mehr sie erzählt, desto schneller spricht sie.

»Meine Eltern sind ermordet worden«, stößt sie am Ende des Berichtes hervor.

Einen Teil von sich hat Karasi abgeschottet. Sie lässt nicht zu, dass dieser Sachverhalt weiter als bis zu ihrem Gehirn vordringt. Es ist, als wäre sie hinter einer dicken Watteschicht. Nur abgepuffert kommt alles bei ihr an. Sie ist geschützt, aber auch isoliert.

Bruno bleibt stehen. Ganz fest nimmt er Karasi in die Arme. So verharren sie.

Karasis Körper beginnt zu zucken. Die Anspannung fällt von ihr ab. Endlich kann sie loslassen.

Ein qualvoller Laut entsteigt ihrer Kehle, der kaum menschlich klingt. Er trägt ihren Schmerz in die Welt.

Dann kommen die Tränen. Viele Tränen.

Auch als sie langsam weitergehen, versiegt der Strom nicht.

Bruno legt den Arm um Karasi und führt sie das restliche Stück des Weges nach Hause. Dort bringt er sie ins Bett und hält sie, bis sie eingeschlafen ist.

Alltägliche Besonderheit

Im Traum steht Karasi auf einer Lichtung. Sie spürt das Gras unter ihren nackten Füssen. Über ihr strahlt der Himmel in leuchtendem Blau. Ganz leicht liegt eine Hand auf ihrer linken Schulter. Ohne sich umzuschauen, weiß sie, dass es ihre Mutter Emilia ist, auf deren Schulter Annas Hand liegt, auf deren Schulter Marthas Hand ruht. Die Reihe setzt sich fort bis an den Anbeginn der Welt. Auch wenn sie die Namen all der Frauen nicht kennt, fühlt sie den warmen Strom, der durch die Zeit zu ihr fließt.

Auf der rechten Schulter spürt sie ergänzend Manfreds Hand, auf dessen Schulter die Hand seines Vaters liegt, auf dessen Schulter ... Von hier strömt ebenfalls etwas in sie hinein, dass sie auf andere Weise stärkt und bereichert.

Karasi wacht früh auf. Ihr Hals fühlt sich wund an und ihr Gesicht ist verquollen. Leise steht sie auf, trinkt einen Schluck Wasser und spritzt das kühle Nass auf ihre Wangen. Wahrscheinlich sind ihre Eltern ermordet worden. Noch immer schockiert sie der Gedanke.

Aber im Grunde ändert sich dadurch nichts. Sie sind tot und sie bleiben es, selbst wenn sie jemanden zur Rechenschaft ziehen könnte.

Will sie das überhaupt versuchen?

Es gibt diesen Teil in ihr der einen Ausgleich, irgendeine Form der Vergeltung verlangt. Mama und Papa wird das nicht zurückbringen.

Warum hatte irgendwer ihren Tod gewollt? Das von ihren Vorfahren gesammelte Wissen konnte keine so große Bedrohung darstellen. Schließlich ging es mehrheitlich um Pflanzenheilkunde.

Ihre Mutter hatte den Menschen nahe gelegt, was sie auch ihr immer gesagt hatte: ›Was fühlt sich jetzt für dich gut an? Denn selbst wenn jeder andere auf eine Entzündung einen Eisbeutel legt, kann heute für dich eine Wärmflasche das Richtige sein.‹ Sollten nun tatsächlich alle Leute diesen Rat befolgen, würden die Aktionäre der Pharmakonzerne dennoch nicht verarmen.

Außerdem fordern einen inzwischen sämtliche irgendwie esoterisch angehauchte Seiten im Internet dazu auf, in sich hineinzuhorchen. Trotzdem folgt kaum jemand der Empfehlung. Zuviel Schmerz lauert im eigenen Inneren. Das hatte sie selbst erfahren müssen. Erst dahinter verbirgt sich die Freiheit zu sein, wer man ist.

Dennoch versteht Karasi nicht was der seltsame Besucher und der Mann mit den Dreadlocks von ihr wollen?

Bruno räkelt sich im Bett.

Sonst gibt sie ihm immer Zeit um von der Nacht zum Tag zu wechseln. Als sie jetzt jedoch sieht, dass er die Augen aufschlägt, kann sie nicht abwarten. Sofort erzählt sie ihm von ihren Überlegungen, während sie den Morgenkaffee zubereitet.

»Moment Bukurie«, bremst Bruno sie. »Also wenn dir jemand etwas antun wollte, wäre das längst passiert. Ich glaube eher, dass es den beiden darum ging heraus zu finden, was du vor hast oder ob du vielleicht doch noch Unterlagen besitzt.«

Der Geruch des fertigen Kaffees breitet sich in der Hütte aus. Karasi gießt ihn in zwei geblümte Tassen. Eine reicht sie Bruno, der weiterhin im Bett sitzt. Sie selbst nimmt auf einem Stuhl daneben Platz. Ihre Füße steckt sie zu seinen unter die Decke.

»Da hast du bestimmt Recht. Ich bin nur unsicher, was ich jetzt tun möchte.«

»Genaugenommen musst du gar nichts machen. In ein paar Tagen sind wir sowieso weg.«

Karasi trinkt und denkt nach. Wahrscheinlich ist Brunos Einschätzung richtig, aber sie will die Sache abschließen. Gestern hatte sie etwas loslassen können, von dem sie gar nicht wusste, dass sie es schon so lange belastet. Sie hatte das erste Mal wahrhaftig um ihre Eltern geweint. Auch wenn sie noch einige Zeit trauern wird, Rache kann den Prozess nicht beschleunigen. Nach allem was sie in den letzten Jahren erfahren hatte, würde Gott, das Universum oder das Leben selbst für einen Ausgleich sorgen. Keine Strafe, wie sie das Gesetz vorsieht, vielmehr etwas das die Energien ausgleicht. Daran glaubt sie fest und dieser Glaube gibt ihr Frieden.

Ihre Augen blitzen auf.

»Ich hab's!«, ruft sie. »Jonas hat doch von Babyface eine Mailadresse bekommen. Die ist von seinem Auftraggeber. Ich schreibe dem.«

»Was willst du dem denn schreiben?«, fragt Bruno skeptisch.

»Ich überlege noch ... einfach, dass ich keine Gefahr bin.«

»Kann das nicht nach hinten losgehen?«

»Fürchtest du, ich erleide dann auch einen Unfall? Aufgrund eines vagen Verdachtes werden die kein Menschenleben auslöschen. Ich weiß ja wirklich nichts. Und genau das maile ich dem.«

»Wie du meinst, Ricchezza«, lenkt Bruno ein.

Karasi kennt ihn gut genug, um zu wissen, dass er weiterhin besorgt ist. Sie hingegen ist froh eine Entscheidung getroffen zu haben.

»Bevor ich mich mit Rosa treffe, gehe ich ins Internetcafé. Bis dahin bleibt mir durchaus noch ein wenig Zeit«, grinst sie Bruno herausfordernd an.

Bruno nimmt das Angebot an, greift nach ihrer Hand und zieht sie zurück ins Bett.

Einseitiger Pakt

Den Brief an den Unbekannten zu schreiben, fällt Karasi leichter als erwartet. Es kostet etwas Mühe, extra ein Mailkonto zu erstellen, das sie nie wieder benutzen wird. Kaum ist das erledigt, fließen die Worte nur so aus ihr heraus.

Nachdem sie auf den Senden-Button geklickt hat, fühlt sie sich leichter. Was auch immer daraufhin passieren wird, entzieht sich sowieso ihrer Kontrolle.

Sie hat noch Zeit, bis sie mit Rosa verabredet ist und Hunger. Also hält sie sich auf dem Rückweg aus der Stadt links, steuert somit auf Jonas' Imbiss zu.

Schon von weitem sieht sie die beiden Stühle daneben. Auf einem davon sitzt ein junger Mann, der seinen Gipsfuß auf einer leeren Kiste abgelegt hat.

Karasi umrundet ihn und reiht sich in die kurze Schlange ein. Momentan sind wenig Kunden da und sie steht schnell vor Jonas.

»Hallo Karola. Hast du Hunger oder Sehnsucht nach mir«, fragt Jonas und greift sich mit übertriebener Geste an die Brust.

»Beides« antwortet Karasi grinsend.

»Meine Mutter war wirklich sehr froh, dass du bei ihr warst. Ich danke dir für den Besuch bei ihr«, spricht Jonas weiter, während er sich an der Fritteuse zu schaffen macht.

»Für mich war es mindestens genauso wichtig.«

Da Jonas sie forschend über seine Schulter ansieht, fügt sie hinzu:»Mehr möchte ich jetzt aber nicht dazu sagen.«

Sie nimmt die schnell zubereiteten Pommes entgegen und besteht darauf diesmal zu bezahlen.

Also wechseln Geld und Pappschale den Besitzer.

»Wenn du magst, kannst du dich zu meinem Sohn Paul setzen«, schlägt Jonas vor, wobei er auf den gipsfüßigen jungen Mann zeigt.

Karasi nickt und folgt dem Vorschlag.

»Hallo, ich bin Karasi«, wendet sie sich an Paul.

»Aber Papa hat dich doch eben Karola genannt.«

»Das steht auch so in meiner Geburtsurkunde. Und seit meiner Geburt kennt dein Vater mich bereits. Inzwischen bin ich *Karasi*«, erklärt sie.

»OK.«

Karasi isst einige Pommes. Dann versucht sie erneut, Paul in ein Gespräch zu verwickeln: »Ich habe in Köln studiert, aber das ist ewig her. Damals mochte ich die Stadt. Wie gefällt es dir dort?«

»Hat Papa also wieder alles von mir erzählt?«, fragt er mit einem vorwurfsvollen Seitenblick in Richtung des Imbisswagens.

»Nein, das weiß ich von Rosa«, stellt Karasi richtig.

»Rosa? Du kennst sie? Wie geht es ihr?«

»Ganz gut.«

»Ich habe sie schon ewig nicht gesehen. Seit Lena weggezogen ist, geht Rosa anscheinend nicht mehr raus – zumindest nie an den Wochenenden, die ich hier verbringe.«

»Was spricht dagegen sie anzurufen?«

»Ich glaub, sie mag mich nicht«, erklärt er kleinlaut. »Sie sieht mich nie an und sagt kaum ein Wort, sobald ich in der Nähe bin.«

Karasi lacht. »Tut mir leid Paul. Ich hatte vergessen, wie schwer das in eurem Alter ist. Was ich dir verraten kann, ist folgendes: Für den Fall, dass Rosa unsicher ist, senkt sie den Blick und schweigt.«

Paul schaut sie forschend an. »Heißt das sie mag mich womöglich doch?«

»Ich möchte nicht irgendetwas von Rosa ausplaudern. Aber ich habe eine Idee. Ihr Geburtstag ...«

»Ist am Montag«, unterbricht er sie.

»Ich muss natürlich noch klären, ob ich jemanden mitbringen darf, allerdings denke ich, das geht in Ordnung. Hast du vielleicht Lust zu kommen?«

»Das wäre ja klasse«, platzt Paul heraus. »Hoffentlich kann Papa mich fahren.« Er weist auf seinen Fuß, der im Gipsverband steckt. »Aber dann brauche ich ein Geschenk. Was schenk ich ihr denn bloß?«

»Langsam. Fahren kann ich dich auch«, verspricht Karasi schmunzelnd und schiebt ihre letzten beiden Fritten in den Mund. »Wir machen das jetzt einfach fest. Ich hole dich um halb drei zu Hause ab, in Ordnung?«

Paul nickt.

»Ein Geschenk musst du dir allerdings selbst einfallen lassen.«

»Ich glaub, ich hab schon eine Idee. Boah, das ist so klasse!«

»Ich verabschiede mich jetzt«, sagt Karasi und steht auf.

Sie winkt Jonas zu. »Tschüss, bis die Tage.« Überrascht stellt sie fest, dass sie sich wieder der hier üblichen Sprache anpasst.

Jonas winkt mit der Grillzange in der Hand zurück.

Verzettelte Notizen

»Es ist irgendwie alles frustig. Heute ist der letzte Ferientag. Ich war beim Berater im Arbeitsamt, um mich nach Berufen mit Pflanzen zu erkundigen. Pflanzentechnologin gefällt mir gar nicht, da züchtet man neue Sorten, die ertragreicher sind, um den Nahrungs- und Energiebedarf zu decken. Dann wurde mir noch Pflanzenärztin genannt, die behandelt kranke Gewächse mit chemischem Zeug und Assistentin für verschiedene Sachen. Dabei hat man quasi keinen Kontakt zu den Pflanzen. Sogar Hauswirtschafterin hat der mir vorgeschlagen, weil ich da doch Gemüse kochen kann.« Rosa verzieht missmutig das Gesicht.

»Letztendlich bleibt nur Gärtnerin. Das gibt es aber nur mit Spezialisierung. Die Fachrichtungen sind:« Rosa liest von einem Zettel ab, den sie aus ihrer Jackentasche gezogen hat.

»Garten- und Landschaftsbau, Baumschule, Friedhofsgärtnerei, Gemüsebau, Obstbau, Staudengärtnerei und Zierpflanzenbau.«

Sie stöhnt. »Welche Richtung soll ich denn nehmen?«

»Puh! Mir ist gar nicht klar, wie sich das genau unterscheidet«, antwortet Karasi.

»Kein Wunder, mir auch nicht. Schau doch, an den Pflanzen hängen keine Schilder: Ich bin dies oder jenes.«

Rosa ist während ihres Redeschwalls immer schneller gegangen. An einer Gabelung angekommen hält sie kurz inne. Ja, welche Richtung? Hier ist es unwichtig. Jeder Weg im Schwesternpark hat seinen Reiz.

»Was hat denn dein Berater sonst gesagt?«, reißt Karasi sie aus ihren Gedanken.

»Das er gar nicht versteht, warum ich plötzlich was anderes will. Für dieses Jahr brauche ich mir sowieso keine

Hoffnungen zu machen. Es wäre zu kurzfristig bis zu den Sommerferien etwas zu finden.«

»Das tut mir leid.«

Rosa kommen die Tränen. »Bald gehst du auch noch weg«, schnieft sie. »Ich möchte bei dir lernen. Du weißt so viel über Pflanzen und ... über alles.«

»Du kannst uns gern in Albanien besuchen, solange du magst. Aber du musst das mit Virginia besprechen.«

Rosa zieht eine Grimasse.

»Natürlich bist du alt genug allein zu entscheiden, trotzdem frage bitte deine Mutter nach ihrer Meinung. Ich weiß nicht, ob wir beide alle Konsequenzen durchblicken, die entstehen, wenn du Wochen oder gar Monate lang fort bist.«

»Du würdest es wirklich erlauben?«

»Rosa, ich hab dich gerne bei mir. Das ist jedoch keineswegs das ausschlaggebende Kriterium.«

»Ja, aber wenn ich sowieso keine Lehrstelle kriege, was soll ich denn dann hier? Vincent geht ja auch in die USA.«

»Vincent tut dies im Rahmen seiner Ausbildung. Ich kann nicht ermessen, ob deine Chancen womöglich noch geringer werden, weil du dich nur per Internet um die nötigen Dinge kümmerst.«

»Das ist mir doch egal.«

»Sprich bitte mit Virginia, Rosa. In Ordnung?«

»Na gut.«

Einige Meter weiter fragt Karasi: »Hast du eigentlich inzwischen begonnen deine Liste zu schreiben?«

»Ich habe wirklich darüber nachgedacht, aber mir fallen gar nicht genug Eigenschaften ein.«

Sie gehen die Abzweigung zur Aussichtshöhe. Von hier kann man einen großen Teil des Parks überblicken.

»Wenn man doch so einfach sein Leben überschauen könnte«, seufzt Rosa.

»Du bist ja heute richtig philosophisch.«

»Ich bin nicht philosophisch, sondern voll durcheinander.«

»Da hab ich eine Idee. Welcher Baum gefällt dir?«, fragt Karasi und weist über das Tal.

»Der da«, zeigt Rosa.

»Eine Buche, mein Lieblingsbaum.«

»Nein, der daneben.«

»Eine Birke, auch mein Lieblingsbaum.«

»Du bist albern«, schimpft Rosa.

»Stimmt, aber ich liebe sie alle!«, lacht Karasi. »Aber jetzt stell dir vor, du wärst der Baum. Schließe die Augen und lass deine Wurzeln in die Erde wachsen. Atme tief ein und wieder aus. Mit jedem Atemzug wachsen deine Wurzeln weiter. Du spürst, wie du Energie aus dem Boden aufnimmst und Überflüssiges abgibst.«

Karasi spricht langsam und beruhigend. Rosa ist erstaunt, dass sie wirklich fühlen kann, wie die Erde sie nährt.

»Aufnehmen und Abgeben. Vertraue dich deinen Wurzeln an. Der Wind bewegt dich, aber du hast festen Halt. Fest verankert gibst du dem Wind nach«, setzt Karasi ihre Anleitung fort. »Auch wenn du dich gleich wieder als Mensch fühlst, bleibst du gut mit der Erde verbunden. Nimm noch ein paar tiefe Atemzüge. Dann öffne die Augen.«

Rosa folgt der Anweisung und strahlt Karasi an.

»Das war toll«, sagt sie. »Woher kannst du so was?«

»Ich hatte Zeit die Pflanzen zu beobachten und die Tiere. Jedes hat besonders hervorstechende Eigenschaften. Fehlt mir diese, nehme ich so den Kontakt dazu auf. Mir hilft das, es dir vorzuschlagen war ein Experiment.«

»Ach dann bin ich also deine Laborratte?«, neckt Rosa.

»Wenn schon, dann meine süße Maus«, steigt Karasi darauf ein und kitzelt Rosa.

»Nein, aufhören«, bringt das Mädchen kichernd hervor. Karasi lässt sofort von ihr ab.

»Ich glaube, es ist eine gute Methode um ungenutzte Eigenschaften zu aktivieren und langfristig anzunehmen«, sagt sie abschließend.

»Aber warum sollte ich das gerade heute machen?«

»Ich habe dich so verstanden, dass du viel nachdenkst, also viel im Kopf bist. Dabei verliert man leicht den Kontakt zum Boden ... ist darum nicht geerdet.«

»Jetzt verstehe ich.«

»Du kannst dir das jederzeit allein vorstellen, wenn du es für sinnvoll hältst.«

»Gut, dann mache ich das nachher, bevor ich mit Mama spreche«, grinst Rosa.

»Es wird sicher nicht schaden.«

Ein frischer Wind zieht auf und sie gehen schwatzend weiter.

Als sie den Eingang des Parks erreichen, verabschiedet sich Karasi. »Ich muss noch etwas kaufen. Morgen haben die Geschäfte ja zu. Ich gewöhne mich langsam daran. – Bis Montag Rosa, zu deinem Geburtstag«, sagt sie und umarmt das Mädchen.

»Bis übermorgen. Ich freue mich, dass du kommst und auch Bruno mitbringst.«

Ähnlich anders

»Ich möchte so gern etwas Besonderes machen«, erläutert Virginia.
»Schau mal, wie findest du das?« Sie hält Karasi die herausgerissene Seite einer Zeitschrift hin. Auf der Abbildung ist eine quadratische Torte, deren zweites Stockwerk aus der Zahl achtzehn besteht, die ebenso aufwendig mit Schleifen und Blumen verziert ist, wie die Basis.
Die beiden sitzen bereits eine ganze Weile im Eiscafé Piacere und planen Rosas Geburtstag. Virginia hat sich den Montag frei genommen und Karasi wird morgens zu ihr kommen, um zu helfen.
»Die sieht traumhaft aus. Sie zu backen ist wahrscheinlich weniger das Problem, aber solch eine Verzierung würde ich niemals hinbekommen«, bemerkt Karasi.
»Ich auch nicht«, gesteht Virginia kleinlaut. »Mir muss noch irgendetwas einfallen, das toll aussieht und leicht zu bewerkstelligen ist.«
»Was nascht Rosa denn gern? Vielleicht lässt sich die Torte damit dekorieren? Gummiherzen oder so?«
»Smarties!«, ruft Virginia. »Die liebt sie seit jeher. Als Kind hat sie sie nach Farben sortiert. Mit denen belegen wir kunterbunt die Zahl.«
»Auf der unteren Etage können wir ihren Namen aus den rosafarbenen anordnen«, ergänzt Karasi grinsend.
Virginia lacht. »Dazu machen wir noch einen Apfelkuchen. Das wird dann ausreichen.« Entspannt lehnt sie sich zurück und trinkt von ihrem Cappuccino.
»Ich hoffe, du hast nichts dagegen, das ich einen weiteren Gast mitbringe. Rosa wird sich bestimmt freuen.«
»Wen denn?«

»Überraschungsgast«, flötet Karasi und grinst.

»Dann bin ich gespannt, wer es ist.«

»Ach, bevor ich es vergesse: Hier habe ich dir Brunos Handynummer aufgeschrieben.«

Sie zeigt auf eine Zahlenfolge auf einem Stück Papier. »Ich selbst besitze keins, aber hier steht meine eMail-Adresse. Etwa einmal pro Woche gehe ich ins Internetcafé.«

»Danke.« Virginia steckt den Zettel in ihr Portemonnaie.

Dann fragt sie: »Kannst du etwas Albanisches sagen?«

»Je shumë e bukur«, erfüllt ihr Karasi die Bitte.

»Klingt nicht besonders melodisch, irgendwie zu fremd. Was hast du gesagt?«

»Meine Aussprache lässt noch immer zu wünschen übrig. Bei einem Albaner hört es sich definitiv anders an. Ich sagte: Du bist sehr schön.«

»Oh ... Danke.« Virginia schmunzelt.

»Was ist?«, fragt Karasi irritiert.

»Ich übe seit einiger Zeit, Komplimente anzunehmen. Ich weiß genau, wie es sich anfühlt, wenn der Angesprochene mit ›ach gar nicht‹ reagiert. Trotzdem sage ich das häufig selbst. Heute gab es diesen Widerspruch nicht einmal innerlich. Ich freue mich einfach.«

»Hmm, darüber habe ich noch nie nachgedacht. Aber ich schätze meine Fähigkeiten auch eher niedriger ein, erhebe Einspruch, falls jemand sagt, ich könne etwas gut und staple vorsichtshalber tief.«

Lächelnd ergänzt sie: »Zum Beispiel bei meinen albanischen Sprachkenntnissen.«

»Wie lebt ihr eigentlich in Albanien?«

»Wir wohnen in einem Häuschen am Meer. Die Raumaufteilung nennt sich dort zwei plus eins. Also eine große Wohnküche und zwei kleine Zimmer. In einem schlafen wir, das andere ist eine Art Atelier-Galerie für Brunos Bilder. Davor liegt der Garten. Ich hätte ihn mir ohne Zaun gewünscht. Das ist jedoch nicht möglich. Die frei laufenden Kühe fressen außer dem Abfall auch jegliches grün.«

Karasi lacht.

»Unser Haus steht mit einigen weiteren etwa sechs Kilometer außerhalb der Stadt, aber in den Nachbarhäusern gibt es alles, was man so braucht. Einen Tante-Emma-Laden und ein Café. Eine Nachbarsfamilie hat Schafe. Anand hütet sie und Teuta macht wunderbaren Käse aus der Milch. Den kaufen wir direkt bei ihr in der Küche.«

Sehnsüchtig fügt sie hinzu: »Häufig lausche ich den Glocken der Kühe und Schafe, wenn sie vorbeilaufen. Zusammen mit dem Klang der Wellen ist das die schönste Musik, die ich mir vorstellen kann.«

»Ich höre, wie sehr du das Land magst. Ich wüsste gern, was es genau ist, dass dir gefällt.«

»Die Landschaft ist beeindruckend, aber vor allem sind es die Menschen. Die Ruhe dort hat mich ein wenig angesteckt. Außerdem habe ich erfahren, was Begriffe bedeuten, die mir vorher nur dem Namen nach bekannt waren: Demut und Dankbarkeit. Ich weiß, das klingt altmodisch. Andere Worte fallen mir jedoch nicht dafür ein.«

»Ich glaube, ich verstehe, was du meinst.«

»Die Menschen dort arbeiten ständig. Sie tun dies in Ruhe und machen dann Pause, bevor sie weiterarbeiten. Dabei sind alle sehr herzlich ...«

Karasi überlegt, wie sie ihre Gefühle verdeutlichen kann.

»Wenn ich bei einem Händler einkaufe, freut er sich aufrichtig, etwas für mich zu tun. Ich werde überall gegrüßt, unabhängig davon ob ein Geschäft zu Stande kommt oder ich nur vorbeispaziere. Ich habe mir schnell angewöhnt, mich auch mit der üblichen Geste zu bedanken.«

Karasi legt die rechte Hand auf ihr Herz. »Ich kann es nur als herzlich beschreiben. Mir wurde immer wieder Hilfe angeboten, sobald ich den Eindruck erweckte, ich bräuchte sie. Oft wurde ich interessiert angeschaut, jedoch nie wertend, taxierend.«

Sie hält einen Moment inne: »Ja, mit der Zeit bin ich zur Ruhe gekommen. Vorbilder wirken anders als Ermahnungen – jedenfalls auf mich. Da fällt mir meine erste bewusste Beobachtung ein: Ein Mann baute einen Stand auf, auf dem er Schmuck, Tücher und Sonnenbrillen anbieten wollte. Die Beine des Tisches hakten nicht ein. Er musste es bestimmt sechsmal versuchen. Jedes mal brachte er es in Ordnung, ohne zu schimpfen. Der Händler hatte einen etwa sechsjährigen Jungen dabei. Der Kleine rief ihn zwischendurch weg, um ihm etwas zu zeigen. Der Mann blieb geduldig. Er unterbrach seine Arbeit und setzte sie anschließend fort.«

Karasi lächelt, bei der Erinnerung an diese Szene. »So etwas hatte ich nie zuvor erlebt. Danach jedoch häufig. Auch von den Kindern aus der Umgebung, die einmal in der Woche zum Englischunterricht zu mir kommen, habe ich viel gelernt ...«

Virginia nickt.

»Ich liebe Albanien, aber es verändert sich sehr viel. Die Menschen wollen ein modernes Leben, wie sie es im Fernsehen sehen. Es ist mir unmöglich ihnen zu vermitteln, wie hoch der Preis dafür ist. Ich denke nicht, dass ich für immer bleiben will. Noch genieße ich es jeden Tag aufs Meer zu schauen sowie die dreihundert Sonnentage pro Jahr«, schließt sie ihre Beschreibung und fragt: »Kannst du verstehen, dass Deutschland mir dagegen extrem hektisch, ja geradezu unfreundlich erscheint?«

»Ich glaube schon. Auch ohne diesen Vergleich wünsche ich es mir etwas ruhiger. Dabei fällt mir ein: Ich wollte Leon noch nach seiner genauen Reiseroute fragen. Ich werde ihm jedenfalls Albanien ans Herz legen.«

»Er ist jederzeit bei uns willkommen. Oder vielleicht kommt ihr zusammen? Wie sieht es denn inzwischen aus mit euch?«

»Wir haben unsere Verbindung jetzt zur *festen Beziehung* erklärt. Wie wir sie während des Reisejahres pflegen, ist noch unklar. Möglicherweise besuche ich ihn irgendwo ... Ansonsten ist es schön.«

Virginia wirkt verlegen. »Er ist mitunter – ich leihe mir kurz Rosas Wortschatz: *total süß*. Ostersonntag eröffnete er den Kindern: ›Ich will euch nicht um Erlaubnis bitten, sondern nur informieren, dass ich heute hier übernachte. Sollte ich etwas tun, das stört, sagt es mir einfach.‹ Ist das nicht wunderbar?« Sie kichert wie ein Teenager.

Karasi stimmt ein und erzählt ein Erlebnis mit Bruno, bei dem sie ihn süß fand.

Öffentliche Klausur

Vorsichtig nimmt Rosa einen Schluck heißen Kakao. Dann leckt sie sich grinsend die Sahne von den Lippen. Die anderen sitzen jetzt im Unterricht und versuchen sich gegenseitig mit ihren Ferienerlebnissen zu übertrumpfen. Sie wird also nichts versäumen. Von nun an kann sie ihr Fernbleiben selbst entschuldigen. Trotzdem wird sie künftig nicht andauernd schwänzen. Heute ist jedoch ein besonderer Tag, den sie vollkommen auskosten möchte. Vor ihr, auf dem Tisch des Eiscafés, liegen bunte Stifte neben einem Block. Während sie noch überlegt, wie sie beginnen kann, fällt ihr ein, dass Mama gestern etwas mit *Findung* gesagt hat. Sie erinnert sich nicht an den Zusammenhang, aber es klingt, als könne es das Wort gar nicht geben. Bei jedem anderen Menschen würde sie deshalb annehmen, er habe falsch gesprochen. Ihre Mutter drückt sich jedoch immer korrekt aus.

Kurz entschlossen stellt sie die Tasse ab, zückt ihr Handy und sucht nach dem Begriff. Sie stößt auf mehrere Artikel zur Entwicklungspsychologie und dem Thema Selbstfindung. Als sie schon aufhören will, entdeckt sie einen geradezu magischen Satz:

»Im Gegensatz zur Suche als Prozess, der mit dem Auffinden als Ereignis abgeschlossen wird, bezeichnet die Findung den fortschreitenden Erkenntniszuwachs.« *

Die junge Frau lächelt, als sie die Erklärung liest. Sie weiß, dass sie bereits unterwegs ist, auf ihrem eigenen Weg.

Das verdankt sie Karasi, der Tatsache, dass sie keine Lehrstelle gefunden hat und einigen weiteren, eigentlich negativen Dingen. Auch wenn sie das Ziel nicht kennt, sieht sie ihren Weg doch leuchtend vor sich. Sie freut sich darauf, ihn weiter zu gehen. Auf keinen Fall will sie dieses Gefühl wieder verlieren, also schreibt sie das Wort *Findung* mit einem blauen Filzstift groß auf ein Blatt Papier. Anschließend umrundet sie jeden Buchstaben mit einem orangenen Stift. Nachdem sie noch Kringel und Schnörkel in verschiedenen Farben drumherum gemalt hat, betrachtet sie ihr Werk. Es gefällt ihr und soll in Zukunft die Wand ihres Zimmer schmücken, um sie daran zu erinnern, dass sie bereits unterwegs ist auf ihrem eigenen Weg.

Jetzt traut sie sich auch an die geplante Aufgabe heran. Während Sie auf ein neues, noch leeres Blatt starrt, trinkt sie ihren Kakao aus.

In den letzten Tagen hatte sie besonders darauf geachtet, wann sie sich wie fühlt.

Heute Morgen stand sie vor dem Spiegel, um zu schauen, ob sie anders aussieht, nun, da sie erwachsen ist. Das war natürlich albern und sie hatte über sich selbst lächeln müssen. Als sie sich so sah, hatte sie ›wow‹ gedacht.

Selbstverständlich war das kein Adjektiv, aber sie hatte sich irgendwie gut gefunden. Also schreibt sie *hübsch* auf ihren Zettel.

Leider schlug dieses Gefühl wenige Minuten später auf dem Weg zum Eiscafé wieder um. Zwei Jungen, die sie vom Sehen kennt, hatten zu ihr geschaut, sich in die Seite gestoßen und gelacht. Sie kam sich wie ein Freak vor und fügt deshalb das Wort *hässlich* hinzu.

Auch wenn sie sich unterschiedlich oft so fühlt, kann sie beide Begriffe auf sich anwenden.

Als sie bei einer Quizshow im Fernsehen viele Fragen beantworten konnte, war sie sich wirklich klug vorgekommen. Also schreibt sie *klug* auf das Blatt und daneben *dumm*, denn dieses Gefühl kennt sie schon lange.

Mit der Zeit kommen noch *kreativ* und *einfallslos*, sowie *angstvoll* und *mutig* hinzu.

Dann fällt Rosa nichts mehr ein. Trotzdem ist sie froh einen Anfang gefunden zu haben. Eine Findung geschieht schließlich nicht an einem Tag. Sie wird sich eine Mappe anlegen und dies soll das erste Blatt sein.

Rosa wirft einen Blick auf die Uhr. Es ist kurz nach zwölf. Sie hat also noch über eine Stunde Zeit.

Was wohl ihre Mutter für den Nachmittag vorbereitet?

Um die Neugier zu vertreiben, beginnt sie auf einem neuen Blatt Papier zu malen. Lila Blumen, grüne Farnblätter und viele weitere Pflanzen gesellen sich zueinander.

Beginnendes Ende

Peter mag den Montagmorgen nicht. Genau genommen mag er keinen Morgen. Trotzdem ist er frühzeitig im Büro. Nachdem er am Sonntagnachmittag mit Linda aneinandergeraten war, ist jeder Ort besser als zu Hause.

Er nimmt am Schreibtisch Platz, um Unterlagen zu sichten. Umständlich schichtet er sie vom rechten an den linken Rand.

Er ist einfach zu unkonzentriert. Also fährt er den Rechner hoch und surft im Internet. Eine Reise wäre schön. Er war schon ewig nicht allein im Urlaub.

Eine Geschäftsreise lässt sich jederzeit vorschieben. Zwischen Bangkok, Pattaya oder eine der Inseln muss er entscheiden. Seine Wahl fällt auf ein Hotel am Strand auf Ko Samui.

Während der Drucker fast geräuschlos arbeitet, wechselt er die IP-Adresse und kontrolliert die Postfächer.

Einen der Absender kann er nicht zuordnen. Der Betreff lautet *Gleichgewicht*. Was soll das denn?

Er öffnet die eMail und liest:

Guten Tag
Ich weiß, dass Sie mich beobachten lassen.
Allerdings weiß ich nicht warum. So bleibt mir nur zu mutmaßen.
Ich besitze weder Unterlagen von meinen Eltern, noch kenne ich die genauen Umstände ihres Todes.
Selbst wenn ich aufgrund meiner Abstammung anderen helfen könnte, so kann und weiß ich Nichts, was nicht leicht im Internet zu finden ist. Dort wimmelt es von alternativen Heilmethoden und Zweifeln an schulmedizinischen Verfahren.

Jeder kann sich informieren und seinen Weg wählen. Jeder kann versuchen in sich hineinzuhorchen, bis er weiß, was das Richtige für ihn ist.

Ich glaube, dass ein Gleichgewicht der Kräfte nötig ist. Das wir dabei auf verschiedenen Seiten stehen ist irrelevant. Ich bemühe mich, nicht in Kategorien wie Gut und Böse zu denken. Die Einteilung hängt allein von der Position des Betrachters ab.

Beide Seiten sind wichtig.

Ich traf meine Wahl – Sie Ihre.

Ich hoffe, dass wir nie wieder Kontakt haben werden.

Karola Ramona Siehlmann

Peter schnappt nach Luft.

So wurde er noch nie konfrontiert.

Woher hat diese Frau die Mailadresse? Da kommt nur Ole in Frage.

Er ärgert sich über ihre selbstsichere Art, gleichzeitig imponiert sie ihm. Was sie sagt, ist schlüssig, wenn auch etwas zu esoterisch für seinen Geschmack.

Die automatische Benachrichtigung, die ihn bewogen hatte ihr nachspionieren zu lassen, wurde eingerichtet, aufgrund lang zurückliegenden Aktivitäten ihrer Familie. Bestand früher tatsächlich eine Gefahr für die Arbeit der Organisation, hatte sich das längst geändert.

Warum die Beseitigung der Eltern veranlasst wurde, ist ihm unklar. Da war wohl jemand ein bisschen übereifrig. Es gibt wirklich keinen Grund Karola nicht in Ruhe zu lassen. Sollte er vorsichtshalber Rücksprache halten? Er entscheidet sich dagegen und schließt die Akte Siehlmann. Jetzt muss er diese Frau nur noch aus den eigenen Gedanken verbannen.

Auf dem Schreibtisch liegt nun nichts mehr, das nicht eine Woche warten kann.

Peter informiert den Postservice, der offizielle Briefe und Anrufe während seiner Abwesenheit für ihn managt. Nachdem alle elektrischen Geräte ausgeschaltet sind, verlässt er das Büro.

Schon morgen wird er im Flugzeug sitzen und dreizehn Stunden später der ersten Thai *sanuk*, das Wort für *Spaß haben,* ins Ohr flüstern.

Endlicher Beginn

Mit einer Schürze bekleidet öffnet Virginia die Tür.

»Du hast Mehl im Gesicht«, lacht Karasi.

»Oh, gut dass du da bist. Ich bin heute umständlich. Deshalb komme ich kaum voran.«

Karasi legt ihre Jacke ab und folgt Virginia in die Küche. Dort sieht es aus, als wäre der gesamte Schrankinhalt herausgeholt worden. Die geringe Arbeitsfläche ist komplett zugestellt mit Schüsseln, Messbechern und Zutaten. Auf dem Esstisch liegt das Rezept sowie weitere Utensilien.

»Wie weit bist du denn?«

»Ich habe keine Ahnung, was mit mir los ist. Sonst bin ich gut organisiert. Ich möchte so sehr, dass Rosas Geburtstag schön wird.«

»Pass auf: setz du dich da hin.« Sie schiebt Virginia sanft auf einen Küchenstuhl. »Ich mache uns erst einmal einen Tee.«

Daraufhin greift sie den Wasserkocher und befüllt ihn. Henkelbecher findet sie kopfüber auf einem Regal stehend.

»Nun musst du mir nur noch verraten, wo der Tee ist.«

Virginia zeigt mit dem Finger auf eine bunte Blechdose. Karasi stellt sie kurzerhand geöffnet auf den Tisch, gießt das inzwischen kochende Wasser ein und setzt sich ebenfalls.

»So und jetzt höre ich dir zu«, erklärt sie, während sie den gewählten Beutel *Sweet Chai* in ihrem Becher versenkt.

»Ich bin durcheinander. Rosa will zu dir nach Albanien – für länger. Sie sagt, du hast es erlaubt.« Fragend schaut sie Karasi an.

Diese nickt.

»Nun weiß ich nicht, ob ich das gut finde, weil es gut für sie ist oder weil das ebenfalls bedeutet, ich könnte mit Leon zusammen reisen.«

Virginia macht ein so zerknirschtes Gesicht, dass Karasi lachen muss.

»Ist das denn wichtig?«, fragt sie dann sanft. »Du darfst durchaus mal egoistisch sein, obwohl du Mutter bist.«

»Einerseits geht mir etliches durch den Kopf, was ich regeln müsste, sollte ich mitfahren, andererseits befürchte ich, mich falsch zu entscheiden.«

»Virginia, ich verstehe dich vollkommen. Ich würde mich riesig freuen und Bruno ebenso, wenn Rosa einige Zeit bei uns wäre. Was spricht dagegen, dass du es dir gut gehen lässt?«

»Gar nichts!«

Virginias Gesicht wird klarer. »Dann möchte ich dich um etwas bitten.« Sie streckt ihre Arme über den Tisch und ergreift Karasis Hände. »Ich denke jetzt an Rosa und hoffe, du erfährst, wie sie ist und ... alles.« Ausnahmsweise scheinen auch Virginia einmal die Worte zu fehlen.

Karasi lächelt. Obwohl sie nicht weiß, ob das so funktionieren wird, schließt sie ihre Finger um Virginias.

Es dauert einige Sekunden, dann kommen die Bilder: Rosa als Neugeborene, bei den ersten Schritten, den ersten Worten, auf dem Spielplatz, ihr fünfter Geburtstag ...

Dabei spürt sie die unendliche Liebe, die Virginia für ihre Tochter empfindet. Auch die anderen Gefühle legt sie offen: Das Baby stundenlang tragend war sie überfordert, wartend war sie ungeduldig, angesichts des Trotzes wurde sie wütend und manchmal war sie einfach verzweifelt, weil sie diese wichtige Aufgabe allein bewältigen musste.

Karasi hat feuchte Augen.

»Danke«, sagt sie mit zarter Stimme, um die Magie des Augenblicks nicht zu zerstören. »Damit hast du mir ein riesiges Geschenk gemacht. Ich fühle mich nun, als hätte ich Rosa aufwachsen sehen. So wie eine Tante.«

»Dann bist du das jetzt«, erklärt Virginia schlicht. »Das ist auch eine passende Erklärung, für alle die Fragen stellen.«

»Meine Nichte Rosa«, sagt Karasi zur Probe und spürt den Worten nach.

Die Frauen strahlen sich an.

»Lass uns anfangen. Das Kind soll schließlich nicht ohne Kuchen Geburtstag feiern.«

Karasi fischt ihren Beutel aus dem Becher. »Stimmt, den Tee können wir auch bei der Arbeit trinken.«

»Kannst du bitte die Äpfel schälen und schneiden, dann rühre ich den Teig weiter«, schlägt Virginia vor.

»Darf ich nachher beim Verzieren helfen?«

»Gerne! Das machen wir zusammen.«

Vier Stunden später sind sie fertig.

Im Wohnzimmer haben sie die Möbel an die Wand geschoben. Ein Türblatt auf zwei Böcken steht mitten im Raum zur Tafel aufgebaut. Sämtliche in der Wohnung vorhandenen Stühle reihen sich rund herum. Der Apfelkuchen, sowie die eindrucksvolle zweistöckige Torte stehen zwischen den zusammengewürfelten Gedecken für sieben Personen.

In der Küche ist wieder alles an seinem angestammten Platz. Das Abendessen ruht im Ofen, zum Überbacken bereit. Außerdem gibt es eine Platte mit belegten Broten für den Hunger vor dem Kaffeetrinken.

Karasi hängt das Geschirrtuch an den Haken und angelt sich eine mit Erdnussmus bestrichene Scheibe Vollkornbrot.

»Sorry, ich muss gleich los.«

Während sie herzhaft hinein beißt, sucht sie mit den Augen nach der Uhr. »Halb drei! Dann muss ich *jetzt* los. Schließlich will ich noch den Überraschungsgast abholen«, ergänzt sie neckend.

»Beeil dich, damit das Geheimnis endlich gelüftet wird«, scheucht Virginia sie mit einer Handbewegung grinsend los.

Karasi war morgens mit dem Defender gekommen. Behände schlüpft sie jetzt hinter das Lenkrad. Mit der rechten Hand schiebt sie sich das letzte Stück Brot in den Mund, während sie mit der linken den Schlüssel ins Zündschloss einfädelt und startet. Schon braust sie los.

Zehn Minuten später erreicht sie die Gartenlaube. Bruno ist bereits fertig. Außerdem hat er Wasser gekocht, damit Karasi sich frisch machen kann.

Mit heißem Wasser aus dem Topf und kaltem aus der Leitung mischt Karasi eine für sie angenehme Temperatur. Als sie sich wäscht, bereitet Bruno das Bett zum Schlafen vor.

»Wir kommen doch sicher spät zurück«, begründet er sein Handeln.

»Gute Idee«, lobt Karasi und wringt ihren Waschlappen aus. Dann zieht sie das einzige Kleid an, das sie aus einem Impuls heraus vor ihrer Abreise in die Tasche geworfen hat. Das scheint Wochen her zu sein, dabei sind es gerade einmal sechzehn Tage.

Als Bruno erfährt, dass sie Tante geworden ist und Rosa für einige Zeit bei ihnen leben wird, ist er ebenso begeistert wie sie und plant sofort, wohin er seine Bilder räumt, damit sie auch Platz im zweiten Schlafzimmer hat.

»Ich glaube, ich weiß jetzt, warum ich Rosa begegnen sollte.«

»Um ihr zu helfen?«, mutmaßt Bruno.

»Nein, Ylli. Genaugenommen hilft sie mir. Ich wusste nicht, dass ich so viel durch das Beobachten von Pflanzen und Tieren gelernt habe. Erst dadurch, dass ich Rosa etwas davon erzählte, wurde mir das klar. Ich muss noch darüber nachdenken, was das für die Zukunft bedeutet, aber ich bin glücklich, dass es so ist.«

Bruno schließt sie in die Arme. »Und ich bin stolz auf dich. Auch, weil du heute wieder besonders toll aussiehst, Bukurie.«

Dann machen sie sich mit ihren Geschenken auf den Weg. Bruno geht zu Fuß, da der Defender nur zwei Sitze hat.

Um vier Uhr nachmittags soll die Feier beginnen. Fünf Minuten vorher parkt Karasi im *Sonnenschein*. Bruno steht schon bereit. Er hilft dem überdrehten Paul aus dem Landrover, sowie die Treppe hinauf.

Karasi geht voraus, hält die Haustür auf und läuft schnell in den dritten Stock, um zu klingeln.

Kaum kommt sie vor der Wohnungstür an, fliegt diese auf und Rosa Karasi um den Hals.

»Tantchen«, ruft sie dabei freudig. »Ich komme wirklich zu euch. Ich hätte nie gedacht, dass Mama das gut findet.«

Virginia erscheint im Flur und zuckt entschuldigend mit den Schultern. »Ich konnte nicht abwarten.«

Karasi schüttelt lächelnd den Kopf. »Alles gut.«

Da spürt sie, wie Rosa in ihren Armen steif wird. Sie hat Paul entdeckt, der neben Bruno die Treppe hinauf humpelt.

»Wir haben noch jemanden mitgebracht, der dir unbedingt gratulieren will«, erklärt Bruno und stößt Paul in die Seite.

»Hallo Rosa, herzlichen Glückwunsch«, stammelt der.

»Jetzt kommt erst einmal herein«, fordert Virginia sie auf.

Leon baut aus einem umgedrehten Eimer und zwei Kissen eine Auflage für Pauls Fuß. Danach nehmen alle am Tisch Platz.

»Vielen Dank für eure Geschenke. Die packe ich gleich nach dem Kaffee aus«, erklärt Rosa vom Kopfende der Tafel. Sie wird ein wenig rot, als sie zu Paul schaut, der rechts neben ihr sitzt.

»Magst du den Kuchen anschneiden?«

»Lieber du, Mama. Der ist so toll geworden ...«

Virginia teilt die mit Smarties belegte *Acht* am Kreuzpunkt und legte Rosa ein Viertel auf den Teller. Dann schneidet sie Stücke aus der unteren Tortenetage. Leon schießt ein paar Fotos, bis alle etwas auf den Tellern haben.

Zwischen den Essgeräuschen und dem Klappern des Geschirrs schlägt er vor:»Für einige von uns startet bald ein besonderes Jahr. Vielleicht können wir die Gedanken dazu teilen?«

Er sieht sich am Tisch um.»Ich fange einfach mal an: Mein seit langem geplantes Reisejahr bricht in gut zwei Monaten an. Und ...« Er macht mit den Fingern einen Trommelwirbel in der Luft.»Virginia wird mich begleiten.«

»Toll! Hast du schon alles geregelt?«

»Nein, nicht alles. Aber ich habe heute Mittag mit meinem Chef telefoniert. Er stellt mich ein Jahr frei, vorausgesetzt, dass ich eine Vertretung organisiere und einarbeite. Das schaffe ich.«

»Wann geht es denn genau los?«

»Mitte Juni sind die beiden mit der Schule fertig.« Virginia schaut ihre Kinder an.»Vincent fliegt am Zwanzigsten in die USA. Da könntest auch du abreisen, Rosa. Du kannst in Albanien deine Bewerbungen schreiben. Dann müsstest du im März zurück sein, um Vorstellungsgespräche wahrzunehmen. Vincent kommt im Juni 2016 wieder. Wir ...« Sie blickt zu Leon.»Wir fahren am ersten Juli los. Ich kehre im März zurück.«

»Ich vielleicht auch«, wirft Leon ein und zwinkert Virginia zu.

»Was wird mit der Wohnung?«

»Ja, das gehört zu den Wundern, die sich abzeichnen. Ich habe meine Nachbarin Ute gefragt, ob sie auf die Wohnung achten kann, während unserer Abwesenheit. Spontan unterbreitet sie mir folgenden Vorschlag: Ihre Tochter will mit ihrem Freund zusammenziehen, der ebenfalls bisher bei seinen Eltern wohnt. Die Elternpaare hätten gern, dass sie erst einmal sechs Monate zur Probe zusammen leben, bevor sie sich mit allen möglichen Verträgen binden. Die Eltern würden mir die Neben- und Verbrauchskosten und einen Anteil der Miete erstatten – die Beiden brauchen ja nur zwei Zimmer. Nun muss nur noch das junge Paar einverstanden sein.«

»Na das wäre ja klasse.«

»Was ist, wenn ich durchs Abi rausche?«

»Dann bleibe ich natürlich. Allerdings glaube ich ganz fest an dich, mein Sohn.«

Karasi verteilt die nächste Runde Kuchen. Die meisten verlangen jetzt den Apfelkuchen mit Schlagsahne.

»Wann gehen die Prüfungen denn los?«

»Morgen, mit der Deutschklausur«, stöhnt Vincent.

»Wir drücken dir alle die Daumen.«

»Nach dem Abi gehst du in die USA?«

»Zwei Semester Physik an der *Florida State University*.«

»Boah«, ist nun auch Paul zu vernehmen, womit er die allgemeine Aufmerksamkeit auf sich zieht.

»Was hast du geplant?«

»Ich mache nächsten Sommer meine Prüfung zum Mechatroniker. Übernommen werde ich sowieso nicht, deshalb möchte ich wieder hierher zurück. Ich hoffe, ich finde in Witten oder Bochum einen Job«, erklärt Paul unsicher. Er entspannt sich jedoch sichtlich, als er das anerkennende Nicken der anderen sieht.

»Und du, Rosa, bist in Albanien?«, fragt er dann.

»Für knapp zehn Monate. Dort lerne ich so viel über Pflanzen, dass die Gärtnereien sich nach meiner Rückkehr um mich prügeln werden.«

Alle lachen.

Bruno erzählt daraufhin von den Plänen für Rosas Zimmer.

»Darf ich auch Besuch bekommen?«, fragte sie.

»Natürlich.«

Rosa schaut vorsichtig in Pauls Richtung.

Paul schaut verlegen auf seinen Teller.

Virginia beginnt den Tisch abzuräumen. »Rosa, du bleibst bitte sitzen, schließlich hast du Geburtstag. Vincent will noch etwas lernen. Ihr anderen könnt mir helfen«, teilt sie alle ein und zwinkert Karasi zu.

Rosa überlegt fieberhaft, was sie sagen kann. Paul wird es bereuen hier zu sein, wenn ihr nicht gleich etwas einfällt. »Ich weiß auch nicht, was ich sagen soll«, hört sie Pauls sanfte Stimme.

»Wir sind anscheinend beide ein bisschen verrückt«, lacht sie erleichtert, weil er den Anfang gemacht hat.

»Vielleicht passen zwei Verrückte gut zusammen«, mutmaßt er.

Rosa nimmt allen ihren Mut und fragt: »Wusstest du, dass ich dich schon lange toll finde?«

»Nein, ich hatte keine Ahnung, sonst hätte ich dich längst mal gefragt, ob du mit mir ein Eis essen gehst oder so.« Paul greift nach Rosas Hand. »Ich bin sehr froh, dass deine Tante mich eingeladen hat. Stell dir vor, wir hätten nie erfahren, dass wir uns mögen.«

Rosa verzieht das Gesicht. »Ein schrecklicher Gedanke«, stöhnt sie und streichelt behutsam mit dem Daumen über Pauls Hand.

»Ich bin leider etwas gehandicapt. Kannst du bitte näher zu mir rücken?«

Rosas Herz schlägt noch heftiger vor Aufregung. Sie schiebt ihren Stuhl zu Paul, so dass sie Schulter an Schulter sitzen. Sobald sie sitzt, greift er wieder ihre Hand. Vorsichtig bewegen beide ihre Finger über die Finger, den Handrücken und die Handfläche des anderen.

»Ich möchte noch sehr viel Zeit mit dir verbringen«, flüstert Paul. »Selbst wenn das bald nur am Telefon möglich sein wird.«

»Das möchte ich auch«, antwortet Rosa ebenso leise, um den besonderen Moment nicht zu zerstören.

»In den Herbstferien habe ich zwei Wochen Urlaub ...«

»Dann kommst du mich besuchen.«

Sie neigt ihren Körper Paul zu und hofft innig, dass er die dargebotene Chance ergreift.

Langsam nähert sich sein Gesicht dem ihren und ihre Lippen finden sich.

»So habe ich Rosa noch nie erlebt«, sagt Virginia in der Küche. »Woher wusstest du von den beiden?«

»Sie waren wohl einfach zu unsicher sich anzusprechen. Dabei schwärmt Rosa schon lange für Paul und er für sie. Sie haben jeweils nach dem Anderen gefragt«, erklärt Karasi.

Daraufhin weiß jeder eine Geschichte von seiner ersten Liebe zu erzählen.

Sie bleiben absichtlich länger als nötig in der kleinen Küche. Irgendwann ruft Rosa aus dem Wohnzimmer. »Geschenke!«

Als sie wieder dort eintreten, ist offensichtlich, das sie jetzt ein Paar antreffen. Rosa und Paul halten einander an der Hand und strahlen, nein glühen von innen heraus.

Rosa packt dann jedes Päckchen bedächtig aus. Von Paul bekommt sie eine selbst gebrannte CD mit seinen Lieblingssongs. »Deine kenne ich ja bisher nicht«, erklärt er dazu. Sie stellen jedoch fest, dass es zum größten Teil auch ihre sind. Strahlend gibt sie ihm ein Küsschen.

Vincent stößt erneut kurz zu ihnen. Er hat für seine Schwester ein Foto bearbeitet, sodass es sie beide mit ihrer Mutter gemeinsam zeigt. Denn aufgenommen existiert solch

ein Bild nicht.»Ich dachte, weil ich doch weg bin. Nun passt
es ja beinahe noch besser.«

»Schön!«

Leon hat Rosa ein Buch zur Pflanzenbestimmung gekauft
und Bruno ein Moleskin-Notizbuch, damit sie ihre Erlebnisse
festhalten kann.

Von Karasi entrollt Rosa ein Poster, auf dem diese sehr viele
Adjektive in bunten Farben kreuz und quer aufgeschrieben
hat. Rosa grinst.»Da werden mir die Ideen nie ausgehen.«
Virginia reicht ihr einen Umschlag.»Hier meine Große,
das ist von mir.«

»Ach Mama, du hast mir doch schon das Fest geschenkt.«

»Du bekommst trotzdem noch etwas. Sei nicht verwundert,
ich habe soeben ein wenig daran nachgebessert. Das *oder* zu
meiner Idee war mir bisher selbst unbekannt.«

Neugierig öffnet Rosa das Kuvert und zieht eine Karte
heraus. Sie lacht und liest vor:»Gutschein für ein
Wochenende in Hamburg *oder Köln* mit Zugfahrt,
Übernachtung und Verpflegung. Damit du viel Zeit hast mit
Lena *oder Paul.*«

»Danke Mama. Oh, ihr seid alle so lieb. Ich freue mich wie
verrückt.«

Nach Rosas Ausruf ist für einen Moment ausschließlich
Gelächter zu hören.

»Jetzt musst du dich nur entscheiden«, erklärt Virginia und
zwinkert ihrer Tochter zu. Rosa hat nur Augen für Paul, der
begeistert nickt. Lena wird es sicher verstehen.

Es klingelt.»Noch ein Überraschungsgast?«

Virginia zuckt die Schultern und geht zur Tür. Sie kehrt mit
Jonas zurück.

»Ich wusste nicht, wann ich Paul abholen soll ...«, erklärt er.

»Das hat doch etwas Zeit, oder? Setz dich und iss nachher
mit uns zu Abend«, fordert Virginia ihn auf.

»Gerne.« Er wendet sich an Rosa:»Dir alles Liebe zum
Geburtstag. Mir ist nichts Besseres eingefallen«, sagt er und

reicht ihr fünf bunte Plastikpikser. »Das sollen Gutscheine sei«, setzt er hinzu.

»Toll, danke. Pommes trotzdem mein Taschengeld aufgebraucht ist«, freut sich Rosa.

Jonas' Blick geht von Rosa zu Paul und wieder zurück. Über sein Gesicht huscht ein Lächeln. Dann machen sich alle am Tisch bekannt.

»Ach, Rosa«, fällt Jonas etwas ein. »Wenn du Lust hast, kannst du morgen zu uns kommen.«

Fragend schaut Rosa zu Paul, dessen Grinsen noch breiter wird.

»Gerne.«

»Ja, das wäre toll. Übermorgen fahre ich nach Köln. In die Werkstatt gehe ich mit dem Gips nicht, aber am Mittwoch ist Berufsschule. Am Wochenende bin ich dann wieder hier.«

Rosa lächelt selig. Während die Unterhaltung vor sich hin plätschert, nimmt sie wieder Pauls Hand.

Leon erzählt von der geplanten Reiseroute. Er überlegt, wie nah an Albanien diese vorbeiführt und wie sie sich abändern lässt.

Bruno beschreibt besonders schöne Orte in Süditalien und wie er von dort mit der Fähre nach Albanien übersetzte. Auch die anderen steuern ihre Reiseerlebnisse bei.

Für einen Augenblick zieht sich Karasi aus dem Gespräch und betrachtet die Menschen um sich.

Hierher hat ihre Eingebung sie geführt. Sie hat eine Familie gefunden, eine Verwandtschaft im Geiste. Besonders glücklich ist sie darüber ihr Wissen an Rosa weitergeben zu dürfen. So wird ein Hauch ihrer Selbst weiter bestehen.

Außerdem kennt sie nun die Geschichte ihrer Eltern, fühlt sich fest verwurzelt in der Reihe ihrer Ahnen. Sie wären stolz auf sie, das weiß sie sicher.

Karasi lächelt still und taucht wieder in die lebhafte Unterhaltung ein.

Anhang

Übersetzung der Kosenamen:

Amore..................Liebe........................italienisch
Bukurie..................Schönheit..................albanisch
Dashur..................Liebste/r..................albanisch
Drita ime..................mein Licht..................albanisch
Dropje..................Lakritz..................niederländisch
Gioia..................Freude..................italienisch
Liefje..................Liebling..................niederländisch
mijn Meisje..........mein Mädchen........niederländisch
Minette..................Kätzchen..................französisch
Precious..................Kostbarkeit..............englisch
Ricchezza..............Fülle........................italienisch
Snoepje..................Süßigkeit..............niederländisch
te dua..................ich liebe dich..........albanisch
Ylli..................Stern........................albanisch
Zemër..................Herz..................albanisch

Wahrheit ↔ Fiktion

Karasi, Rosa, Virginia und alle anderen Personen, sowie ihre Erlebnisse sind frei erfunden.

Die von ihnen besuchten Orte gibt es jedoch wirklich. Albanien habe ich längere Zeit bereisen dürfen und hoffe erneut dorthin zurückkehren zu können.

Meine Wahlheimat Witten schmiegt sich südlich zwischen Bochum und Dortmund. Eine wunderschöne Stadt, in der es neben den beschriebenen Orten eine Menge mehr zu entdecken gibt.

Lediglich mein liebstes Eiscafé und die Bude mit den leckersten Pommes tragen in der wirklichen Welt einen anderen Namen und befinden sich in anderen Straßen als in der Geschichte.

Dank ♥

Ich danke den wundervollen Autoren, deren Bücher ich als junger Mensch gelesen habe. Sie weckten in mir den Wunsch zu schreiben.

Ich danke allen Lebewesen, denen ich je begegnet bin. Diese Erfahrungen haben mich zu der gemacht, die ich heute bin.

Ich danke jedem, der mich mit aufmunternden Worten dazu gebracht hat an mich zu glauben und weiter zu schreiben.

Ich danke den Mitgliedern des *Wittener-Autorentreffen*. Ich habe durch die Kritik an meinen und ihren Geschichten viel gelernt.

Besonders danke ich meinen Kindern, die sich als Probeleser zur Verfügung gestellt haben.

Der größte Dank gilt jedoch meinem Mann, der mich fortwährend unterstützt hat. Angefangen bei den vielen Tassen Tee, die er mir zum Schreibtisch brachte, bis zum Lesen diverser Versionen des Textes, war er stets für mich da.

Zitat *

Herbert Fussy: Österreichisches Wörterbuch; ÖBV, Wien 2012, 42. Auflage, S. 245. ISBN 978-3-209-06884-2:

Im Gegensatz zur Suche als Prozess, der mit dem (Auf-)Finden als Ereignis abgeschlossen wird, bezeichnet die Findung den fortschreitenden Erkenntniszuwachs (Findung der eigenen Identität).